RESPIRANDO CERCA DE MÍ

JORGE GÓMEZ SOTO

www.literaturasm.com

Dirección editorial: Elsa Aguiar
Coordinación editorial: Berta Márquez

Impresores, 2
Urbanización Prado del Espino
28660 Boadilla del Monte (Madrid)
www.grupo-sm.com

ATENCIÓN AL CLIENTE
Tel.: 902 121 323
Fax: 902 241 222
e-mail: clientes@grupo-sm.com

ISBN: 978-84-675-6060-2
Depósito legal: M-36794-2012
Impreso en la UE / *Printed in EU*

A todos los que se sienten desplazados:
tanto en su propia casa o en su entorno,
como en un país lejano.

Bautismo de pólvora

1

La oficina sur era una vivienda realquilada a un ciudadano español, que no tenía antecedentes ni ganas de hacer averiguaciones sobre sus inquilinos mientras le pagasen religiosamente la renta. Se encontraba en el primer piso de un edificio corriente, idéntico a los de su entorno, en una calle poco transitada y mal iluminada de un barrio de Madrid. Estaba casi diáfana: todo su mobiliario se reducía a una amplia mesa redonda, rodeada de sillas, en lo que debería haber sido el salón, un armario con candado en cada una de las habitaciones y los enseres meramente imprescindibles para la cocina y el baño. El polvo que descansaba en cada rincón le concedía una errónea impresión de desuso. Las ventanas carecían de cortinas: no habrían servido para mucho, pues las persianas estaban bajadas siempre que había reunión dentro. Se hacía necesaria la luz eléctrica aunque fuera hubiese claridad suficiente. No obstante, nunca había mucha gente en la oficina durante mucho tiempo. En el recibidor, imperturbables e inexpresivos como figuras realizadas por un mal escultor, vigilaban ahora tres guardaespaldas.

El hombre al que todos llamaban K estaba sentado en una tangente de la mesa, aguardando a que Jaramillo volviese de una de las habitaciones con el informe que le había pedido. K era muy grande: ocupaba bastante espacio en la ciudad; su anatomía y su organización. A pesar de eso, y precisamente por eso, K trataba de ser invisible. Había tenido tantas identidades que a veces le costaba recordar su verdadero nombre. El día de su gran salto fue aquel en que los emisarios de una mafia internacional lo escogieron para abrir una *sucursal* en España. Él ya andaba metido en ajustes de cuentas, robos y delitos varios y, aunque lo hacía a mediana escala, su implacabilidad le había servido para granjearse un nombre en el submundo criminal. La organización internacional, que no se andaba con pequeñeces, fue infiltrando pistoleros en la mayoría de bandas importantes de Madrid para observar desde dentro a sus respectivos cabecillas. Tras varios meses de análisis meticulosos y exhaustivos, decidieron que K era el hombre que buscaban y, prácticamente de la noche a la mañana, pasó de ser un delincuente con algunas personas a su cargo y escasa infraestructura a controlar una parte importantísima del negocio de los pistoleros en Madrid. La operación fue de jaque mate, una jugada maestra de la mafia. Mientras le otorgaban la confianza casi plena a K, los topos infiltrados en el resto de bandas se ocuparon de boicotearlas, bien promoviendo sublevaciones internas, bien mediante soplos a la policía. Les faltó tiempo a los políticos para sacar pecho y titulares en prensa alabando la eficacia y contundencia de los cuerpos de seguridad. Pero el volumen de delitos nunca llegó a decrecer: el negocio solo había cambiado de manos.

Jaramillo apareció por la puerta justo cuando K empezaba a impacientarse.

–Acá se lo tengo.

Se sentó al lado de K. Llevaba en la mano unos papeles escritos unidos con un clip a varias fotos en las que aparecía un hombre de mediana edad tomado desde distintos ángulos, en distintos lugares y con distinto traje.

–De pronto pensé que lo había perdido –añadió Jaramillo con un marcado acento colombiano.

En el informe se detallaban nombres, direcciones, teléfonos y descripciones físicas, tanto del hombre como de algunos de sus familiares; movimientos habituales, itinerarios alternativos que tomaba, lugares en los que resultaría más fácil acabar con él... y al final, fecha a fecha, los pasos seguidos para intentar cobrar su deuda: reuniones, amenazas y un ultimátum, del que ya habían pasado tres días.

K terminó de leerlo y no mudó el gesto mientras decía:

–A este no se le puede dejar escapar de rositas.

–Así es, señor: lo conoce demasiada gente del gremio y por ahí no debemos mostrar ni un indicio de debilidad –afirmó Jaramillo.

–¿A quién podíamos encargárselo? –le preguntó K.

–Yo enviaría a Henry –apuntó Jaramillo.

–¿Henry? –K se pellizcó la frente, pero la memoria no se extrae como un grano.

–Sí, el muchachito colombiano del que le hablé.

–Ah... ya caigo. Cómo te tira la patria, eh, Jaramillo –bromeó, pero enseguida deshizo la sonrisa–. ¿Pero tú lo ves ya preparado? ¿No será demasiado joven para empezar tan fuerte?

–Tiene dieciocho años, sí es joven –respondió Jaramillo–. Pero se sorprendería de lo rápido que aprende. Lo tiene todo para llegar a ser bueno: indiferencia ante lo que le rodea (u odio, no sé calibrarlo), desocupación, poca familia y amistades acá, gran inteligencia e intuición; es de escasas palabras, discreto y frío como pocos, ah, y sin papeles... Creo que debemos darle chance.

–No suena mal. Llámale, quiero conocerlo.

Pese a que estaban avisados de la llegada de Henry, los vigilantes de la puerta se sobresaltaron al oír el timbre. Incluso uno de ellos se llevó instintivamente la mano dentro de la cazadora, hasta llegar a rozar la culata de su pistola. Abrieron la puerta y un chico delgado la franqueó. Vestía pantalones vaqueros gastados y algo caídos, la parte de arriba de un chándal y una gorra de una marca de whisky calada hasta las cejas que ensombrecía su rostro hasta tal punto que los vigilantes no sabían si los estaba mirando o no. Bajo su mentón, unos cuantos pelos intentaban, con limitado éxito, juntarse para formar una perilla. Uno de los matones lo cacheó desde los calcetines hasta la visera y le quitó una pequeña navaja.

–Cuando salgas te la devuelvo –le dijo con una voz tan cavernosa y siniestra que solo le faltó añadir: «... si es que sales».

Jaramillo lo recibió en el salón con un abrazo de cortesía y K lo examinó de arriba abajo mientras eran presentados.

–Mucho gusto –dijo Henry.

–Sentaos –los tres tomaron asiento en la mesa redonda; K se encajó casi en la silla y señaló con un dedo hacia la entrada–. Supongo que eres consciente del paso que has dado al cruzar esa puerta y haberme visto la cara.

Henry se subió un poco la visera para que K le pudiera ver los ojos al responder. Eran unos ojos de color gris oscuro, semejante al del cielo cuando amenaza tormenta.

–Totalmente, señor; entre Jaramillo y Roque se ocuparon de...

–¡No! –interrumpió K, y Henry se abstuvo de preguntar «¿no, qué cosa?», por miedo a meter la pata–. No eres plenamente consciente. Jaramillo me ha hablado mucho y muy bien de ti, de tu potencial, de tus cualidades... Llegaste a conocernos a través de Roque, ¿verdad?

–Cierto. Tenía algunos asuntillos con él.

–Y te gustan su coche y su moto, ¿no es así?, y las juergas que se corre con un taco de billetes que parece no tener fin, las preciosas mujeres con las que se exhibe, sus cadenas de oro...

–Así es, señor –afirmó Henry, no porque lo sintiese del todo, sino porque tenía la convicción de que eso era lo que K esperaba oír.

Jaramillo observaba la escena con indiferencia. No era la primera vez, ni probablemente fuese la última, que asistía a esa especie de rito de iniciación que K imponía a cada nuevo miembro, aunque Jaramillo dudase de su utilidad. Sabía perfectamente que ahora le enumeraría las estrictas reglas de la organización, después le sometería a la prueba del disparo y, por último, le daría el dinero de bienvenida.

–Pues tú podrás tener todo eso: podrás ganar en un mes lo que en tu país se gana en años, Henry, e incluso más, si realmente eres tal y como te pinta Jaramillo. No lo dudes, solo va a depender de ti, solo de ti. Eso sí, recuerda lo que te voy a decir. Incorpóralo a tu cabeza de la misma forma que el andar o el respirar. ¿A que ningún día te has levantado y se te ha olvidado andar o respirar? –Henry negó mecánicamente con la cabeza–. Pues así de metido quiero que lo tengas. Primero: las órdenes son de obligado cumplimiento y las doy yo; y si yo no estoy, que será lo más frecuente, Jaramillo o la persona que yo te designe –cada vez que pronunciaba *yo*, alzaba la voz, tenía que dejar claro qué era lo más importante de la frase–, y nadie más que yo. Segundo: me importa tres cojones lo que hagas con tu vida, pero cuando vayas a trabajar, sobre todo en los momentos más delicados, imagino que sabrás cuáles, hazlo completamente sereno: ni drogas ni alcohol. Tercero: si te trincan, algo que nadie desea, mejor que no cantes; te puedo asegurar que cualquier condena que dicte un juez es preferible al castigo que te impondríamos nosotros. Y cuarto: aquí no existe la palabra *despido*, o mejor dicho, sí existe, pero solo la saben pronunciar nuestras pistolas. ¿Te ha quedado claro?

Henry asintió enérgicamente, pero su rotundidad tropezó con el peso de la responsabilidad. Quizá fue justo en ese momento cuando asumió de verdad su nueva condición; no obstante, lo supo digerir por dentro y ni K ni Jaramillo notaron nada. El primero desvió su mirada hacia el segundo.

–¿Con qué modelo habéis entrenado?

–Con la Cougar 8000 –respondió Jaramillo.

–Trae una.

Jaramillo se dirigió a la estancia contigua y se arrodilló junto a la pared del fondo. Apartó con cuidado un trozo de rodapié, levantó una de las baldosas y metió la mano por el hueco. Palpó hasta dar con un pequeño montón de pistolas, extrajo una y sonrió al comprobar que era precisamente del modelo que buscaba. La agitó, sopló y frotó contra su camisa hasta dejarla limpia, y volvió con ella. Henry no perdía detalle de cómo Jaramillo la colocaba en la palma de la mano de K. Si llevaba con los ojos bien abiertos desde que había entrado en la oficina sur, con una pistola por medio, más aún. K la depositó sobre la mesa, justo enfrente de Henry, que de reojo se percató de que el seguro estaba quitado. La voz de K, que no se sabía si retumbaba más dentro o fuera de su voluminoso cuerpo, recorrió el pasillo con el encargo de que se presentase en la sala uno de los matones de la puerta. Entretanto, le pidió a Henry que cogiera la pistola. Él obedeció. Nada más aparecer el vigilante, K gritó:

–¡Dispárale!

Henry, sin inmutarse en apariencia, levantó el arma, apuntó y apretó el gatillo. *Clac*. La pistola estaba descargada, pero él no se sorprendió. Los que sí lo hicieron fueron Jaramillo y K. Pocas veces alguien, ante esta prueba, había disparado tan rápido y tan seguro de lo que hacía. A Jaramillo incluso se le escapó una palmada.

–¿Vio cómo no me equivoqué con él?

–Parece que no –masculló K.

Henry devolvió la pistola a la mesa y, aunque le sonó un poco forzado, remató la prueba con unas palabras que sabía que gustarían:

–Órdenes son órdenes, señor.

Jaramillo y K sonrieron abiertamente. Henry los acompañó, pero por motivos distintos. Mientras que los primeros creían haber reclutado a uno de esos pistoleros autómatas que ejecutan lo que se les ordena sin cuestionarse nada, el segundo sonreía de pura satisfacción porque su instinto deductivo no le hubiese fallado. En el breve intervalo de tiempo transcurrido desde que recibiera la orden de disparar hasta que su dedo apretó el gatillo, había sido capaz de conjugar un alto número de factores que apuntaban hacia la misma conclusión: que no había ninguna bala en el cargador ni en la recámara. La cara de susto del matón, pésimamente interpretada; el hecho de que no tratara de esconderse; el seguro quitado, cuando Jaramillo se hartaba de recordarle que siempre lo llevase puesto; lo peligroso que resultaría que se oyese el disparo en una oficina tan discretamente camuflada... En un fogonazo había mezclado todo, y aunque ninguna era una pista concluyente, todas juntas le habían permitido apretar el gatillo con ciertas garantías. Apagadas ya las sonrisas, K llamó al mismo guardaespaldas y, con un leve gesto, le hizo entender lo que tenía que hacer. Sacó de la cazadora un par de billetes grandes, de los que Henry nunca había visto, y se los ofreció. Los tomó como si fuesen una reliquia. Jaramillo giró los ojos hacia K, a la espera de la consabida pésima broma que en este punto solía hacer:

–¿Has visto a alguien tan agradecido que le intentes matar y te suelte pasta? –y se rio como si acabase de inventar el humor, y los demás no tuvieron más remedio que imitarle, para algo era el que mandaba–. Ahora Jaramillo te explicará tu primer trabajo. Yo tengo que irme.

Ambos acompañaron a K hasta la puerta. Al quedarse solos, Jaramillo se mostró un poco más afable, menos encorsetado por la autoridad de K, y le posó una mano en el hombro.

–Qué bueno...

Henry se limitó a asentir con la cabeza.

–Felicitaciones, parce, ya haces parte de la organización. Ahora no se le olviden las normas de K ni todo lo que hemos conversado antes. Desde que lo conozco, me ha demostrado que no es un huevón, así que no me vaya a hacer quedar mal.

–Tranquilo.

Jaramillo alargó la mano hasta donde se encontraba el informe y se lo acercó a Henry, que al leerlo no pudo evitar sorprenderse de su minuciosidad.

–En este caso llegó al desenlace, ya agotamos todas las vías de negociación y no podemos permitirnos el lujo de dejar escapar el muñeco con vida. En eso somos inflexibles, es una cuestión de reputación. ¿Qué pensarían de nosotros si no lo hiciéramos? Nos tomarían por simples aficionados, no más.

–Entiendo –dijo Henry, que no se caracterizaba precisamente por hablar mucho.

Jaramillo le dio órdenes precisas con la misma naturalidad con que se le explicaría su cometido a un repartidor de publicidad: lugar y hora, condiciones que debían darse para ejecutarlo, forma de escapar... El día estaba por confirmar, pero cuanto antes. Henry asentía en todo momento. Era consciente de que todo había cambiado para él, pero trataba de no asustarse. Matar a una persona no debía de ser tan grave: al fin y al cabo, si todos terminaríamos muriendo, qué más daba llegar al final antes que después; una vez muerto, ¿acaso a alguien le iba a importar?

Por último, Jaramillo se ausentó de la sala unos segundos y volvió con un teléfono móvil.

–Este celular es solo para que yo lo contacte a usted. Yo a usted –recalcó–. No haga llamadas ni le dé el número a nadie, y no hable por él de nada que pueda resultar comprometedor, esas cosas siempre cara a cara y en lugares confiables. Yo lo llamaré casi todos los días. ¿Okey?

–Okey.

–¿Quiere que lo lleve a algún sitio? Traje el carro.

–A casa –dijo Henry, sin mucho convencimiento.

En la puerta solo quedaba uno de los vigilantes, el pésimo actor, que era el encargado de la oficina; los otros dos se habían ido con K. Antes de despedirse de él, Henry le mostró la mano para recordarle que tenía algo que le pertenecía. El matón cayó en la cuenta y le devolvió la navaja. Para una cosa que tenía que hacer y ya se había olvidado.

Ya en el coche, Henry no paraba de moverse y de meterse la mano por dentro del pantalón.

–¿Qué pasó?

–Que me pillé un huevo entre el celular y la pistola.

2

Que como amigo soy genial...

Para, soooo, quieta, no sigas hablando, que ya sé lo que viene después. Si estás intentando ligar y con lo primero que te saltan es con lo buen amigo que eres, estás perdido, no le des más vueltas ni te agarres a aquellos pequeños detalles que han alimentado tu esperanza. Es un tópico, pero es que es así, no hay vuelta de hoja. Como cuando le preguntas a alguien si está buena una tía y te dice que es muy simpática. Topicazo, pero real.

A Marta se la veía aún más incómoda que a mí. Estaba dando mil rodeos para no terminar de decir lo que ya sabía que me iba a decir, así que preferí facilitarle el trabajo y no perderíamos más tiempo ni ella ni yo.

–Vamos, que nada de nada.

–Hombre, Alberulo, verás... yo... –titubeó.

–Que no pasa ni media, tú tranquila, no eres la primera ni serás la última.

–Pero no quiero perderte como amigo por esto.

–Que nooo, tranquiiiila.

–Te considero un muy buen amigo y no desearía que esto lo estropease.

Qué pesada, hay que ver de lo que es capaz la mala conciencia. Marta se debía de imaginar que si no suavizaba el rechazo, yo sufriría hasta límites indescriptibles, que iría dándome cabezazos por las esquinas... A veces nos damos más importancia de la que tenemos. ¿Tan difícil era que me dijese: «No me gustas», o incluso suavizándolo un poco: «No eres mi tipo»? Casi prefería que me llamase feo, borde, asqueroso o cualquier otra cosa, antes de que siguiese llamándome amigo, amigo, amigo. Al final iba a cogerle asco a la palabra.

Sin que se diese cuenta, introduje mi mano en el bolsillo del pantalón y apreté el botón del móvil que detenía la grabación.

–¿Volvemos al banco? –me preguntó al fin.

–No sé. Si se te ocurre algo mejor, nos quedamos –le dije, de coña.

Regresamos al lugar donde estaban el resto de amigos (con perdón), y poco a poco, como quien no quería la cosa, fuimos distanciándonos, buscando distintas conversaciones, evitando cruzar miradas.

A las diez y media decidí marcharme a casa. Me despedí de todos en general y de ninguno en particular. No me habían afectado las calabazas que me acababa de endosar Marta, solo estaba cansado de llevar cuatro horas y pico en el mismo banco en el exterior del centro comercial. Pasábamos tantos días allí que la gente debía de pensar que habíamos sido instalados con él. Éramos simple mobiliario urbano: paradas de autobús, farolas, papeleras, bancos... y pandilla de jóvenes. Además, y creo que este era el principal motivo de mi marcha, tenía curiosidad por ver si Aarónica se conectaba también esa noche. La había conocido una semana antes en un foro y me había mandado un mensaje privado en el que me pedía mi dirección de *messenger*. Me pareció raro. Hacía tanto tiempo que no usaba ese programa que creía que ya ni existía. Me conecté con cierta prevención, pero enseguida me relajé. Y desde entonces hablábamos a diario. Lo más increíble era que ningún día nos habíamos citado para el siguiente, pero siempre habíamos estado allí. Aarónica era fascinante y demasiado madura para su edad. Tenía dieciséis años, igual que yo, y no solo era de Madrid, sino también de mi barrio. Casualidades de la vida. Había intentado repetidas veces sonsacarle su dirección, o al menos su calle, pero había sido en vano. Mucha gente ligaba por internet, algo que yo, hacía apenas una semana, no acababa de ver posible. Sin embargo, eran las diez y media de una noche de sábado y, aunque no estaban mis padres para controlar la hora, ya estaba volviendo a casa para encontrarme con ella. Había conocido bastantes chicas por internet (normalmente me calaban las intenciones y se escaqueaban), pero nunca había llegado a ese grado de acercamiento, a esa magia que transformaba las frías letras de un ordenador en cálidas palabras susurradas al oído. También es verdad, hay que reconocerlo, que si Marta no hubiese pasado de mí, quizá solo me habría acordado de Aarónica de refilón, pues más valía chica de carne y hueso en mano que chica de líneas e iconos volando en una pantalla.

Pero las cosas fueron como fueron y no como hubieran podido ser.

A pocos pasos de mi casa, escuché una especie de petardazo, una lejana detonación, y varios metros más adelante, cuando estaba a punto de entrar en el portal, una traca de cinco o seis más. Los escasos peatones dimos un pequeño respingo. Qué raro, si no estábamos en Navidad.

Subí a mi piso. Se oía bastante jaleo desde el descansillo: música, voces... Ana, mi hermana mayor, había aprovechado que mis padres no estaban ese finde en casa para montar una fiesta. Abrí la puerta y el ruido se multiplicó por tres. Dentro había una espesa niebla con olor a tabaco. A la mañana siguiente (ya me conocía el percal), tendríamos que abrir todas las ventanas de la casa para ventilar antes de que volviesen mis padres. Allí estaba Ana con su gente. Hablaban muy alto, con un tono de voz que les permitiese hacerse oír por encima de la música. En la mesita del salón no cabía nada: bolsas de patatas, hielos, botellas, ceniceros, servilletas, vasos... todo apretujado en un extraño equilibrio. Sus amigos me saludaron y yo correspondí con un gesto desde la puerta. Prácticamente los conocía a todos, pero no me entretuve, seguí mi camino hacia el cuarto de estar. Nada más encender el ordenador, oí los pasos acelerados de Culo, mi hermano pequeño, que apareció al momento en el cuarto. Sabía exactamente lo que venía a decirme. Últimamente estaba pesadísimo.

–Álber, vamos a jugar a la consola.

A mí me encantaba jugar, pero se me quitaban las ganas cuando Culo me asaltaba con lo mismo a diario.

–Acabo de encender el ordenador. Además, no podemos, están estos en el salón, no nos vamos a poner ahí en medio.

–Pues la enchufamos a la tele pequeña –insistió.

–Espera un rato, anda. Yo te aviso cuando termine. Y ahora vete a tu cuarto.

–¿Y cuánto vas a tardar?

–No lo sé, Culo, puede que diez minutos o dos horas.

Mi hermano se marchó refunfuñando. Cuando quería algo, lo quería ya. No lo podía culpar por eso: tenía a quién parecerse.

Me conecté al *messenger* y el único monigote verde entre mis contactos era el de ella: Aarónica. No sé si podría llamarse sorpresa lo que sentí, pues en el fondo algo me decía que iba a ocurrir, aunque fuese sábado. Ahí estaba ella, frente a mí de nuevo.

Aarónica dice: Hola, Gótico, te echaba de menos en mi pantalla.

Nos saludamos como viejos conocidos y a continuación le formulé una pregunta:

Gótico dice: ¿Cómo es que no has salido hoy, sábado sabadete?

Aarónica dice: Tenía una cita...

Gótico dice: ¿Una cita?

Aarónica dice: ... contigo.

Un escalofrío me atravesó la espina dorsal como una flecha de hielo. Charlamos un rato sobre lo que habíamos hecho ese día y, no sé por qué, quizá por la cercanía cada vez más evidente, o por la decepción de Marta, o por pura impaciencia, me decidí a pedirle que nos viésemos:

Gótico dice: El día aún no ha terminado y mis padres no están en casa. ¿Te apetecería quedar conmigo?

Aarónica dice: Tentador, jeje, pero es que es muy tarde, los míos sí que están en casa y a estas horas ya no me dejan salir.

Gótico dice: Es una pena. Además, mi hermana está haciendo una fiesta aquí. Te podrías haber apuntado.

Aarónica dice: Una fiesta en tu casa... Espero que no haya muchas chicas guapas.

Gótico dice: Descuida, hay pocas chicas y ni me he fijado en si son guapas o no. No me importa.

Aarónica dice: Tengo ganas de ponerte una cara, no sé si algún día sucederá.

Gótico dice: Claro que sí, yo también estoy deseando conocerte.

Deambulamos por varios temas. A Aarónica le encantaba preguntar. No hacía otra cosa que tratar de averiguar cosas sobre mí, sobre cómo me veía a mí mismo, cómo veía el mundo, qué opinaba de sucesos, actitudes, noticias... A veces me resultaba cansado pensar tanto, pero cuando le mostraba el primer indicio de malestar, ella distendía la situación contándome algo gracioso o curioso de su vida. Debía de ser una chica muy especial y no entendía qué le podía haber enganchado de mí, uno de los chicos más normales y simples al norte del Polo Sur.

De pronto, noté que alguien me tiraba de la manga. Era Culo.

–¿Te queda mucho?

Lo aparté de un manotazo. Si yo tenía que esperar para quedar con Aarónica, que esperase él también para jugar.

–No lo sé.

–«Aarónica dice: en general, ¿eres feliz?» –leyó mi hermano en la pantalla–. ¿Qué es eso, Álber?

–¡Nada! –me interpuse entre las palabras de Aarónica y sus ojos extrañados–. Y vete a tu cuarto, que ya te avisaré.

–Es que me aburro.

–Pues te aguantas.

Gótico dice: Psiiii... Noooo... La verdad es que no sé si soy feliz, creo que sí. ¿Eso qué querrá decir: que lo soy o que no?

Aarónica dice: Te aseguro que si fueses infeliz, te darías cuenta, no estarías dudando. Aunque no es menos cierto que si no estás seguro, es que aún tienes margen para llegar a ser más feliz.

«Sí, contigo», pensé, pero no me atreví a teclearlo.

Aarónica dice: Gótico, ¿qué crees que somos tú y yo?

Buena pregunta. Se me ocurrió responder que novios, cibernovios o una pareja que empieza... Pero al final me corté, me parecía demasiado osado. En realidad, ni siquiera sabía si éramos amigos. Yo me sentía muy próximo a ella y llevábamos una semana intensiva de confidencias, es cierto, pero nunca se sabía...

Gótico dice: Sinceramente, no lo sé. Y tú, ¿qué crees?

Aarónica dice: Quizá dos personas que, arrastradas por el torbellino del azar, se han encontrado en la infinita soledad del mundo.

Algunas frases de Aarónica me dejaban completamente a cuadros, descolocado. Cómo podía una mente, con los mismos años de vida que la mía, escribir eso.

Gótico dice: Es precioso, me encanta que seamos eso (aunque no lo entienda del todo).

Aarónica dice: Jejeje.

Gótico dice: Una cosa aparte, ¿por qué te llamas Aarónica? ¿Qué significa? ¿Es algún personaje de una peli o de un videojuego?

Aarónica dice: Puede que termine siendo el personaje de un libro.

Gótico dice: ¿Que termine siendo...? No lo pillo.

Aarónica dice: No me hagas ni caso. Te explico de dónde viene. Cuando fui a elegir un nombre, abrí el diccionario con la idea de buscar al azar una palabra que me gustase, pero apenas tuve que buscar. «Aarónico» era la primera que venía (después de la «a» a secas, claro), así que no busqué más.

Gótico dice: ¿Y qué significa?

Aarónica dice: Perteneciente o relativo a Aarón, personaje bíblico, hermano de Moisés. Pero a mí eso me da igual, simplemente me sonaba bien. Y Gótico, ¿por qué?

Gótico dice: Nada especial. Estaba viendo una película con mi hermana y me gustaba la estética que tenía: oscura, asombrosa, terrorífica, melancólica, siniestra... Entonces mi hermana dijo que era una película muy gótica, y también me gustó la palabra, así que me la agencié.

Aarónica dice: ¿Eres oscuro, asombroso, terrorífico, melancólico, siniestro...?

Gótico dice: No mucho. O nada, diría yo, pero de alguna forma me atrae.

Aarónica dice: Te atrae lo secreto, lo prohibido, lo oculto, lo muerto, lo que no es como tú, que no te pertenece, que está al otro lado...

Gótico dice: Puede ser.

Aarónica dice: A todos nos pasa eso, de una forma o de otra.

Unos diez minutos después, nos estábamos despidiendo. Al igual que las otras veces, no hizo falta que quedásemos para el día siguiente, ambos sabíamos que acudiríamos a la cita. Éramos un pequeño vicio el uno para el otro. ¡Mira!, eso podía habérselo escrito cuando me preguntó qué creía que éramos, pero ya era tarde, su monigote ya se había puesto rojo: desconectada.

Me dirigí al cuarto de mi hermano, que me miró como si hubiesen aparecido por la puerta los mismísimos Reyes Magos, en los que había dejado de creer hacía por lo menos cuatro años. Se levantó de un brinco y cogió la consola. Ya la tenía preparada, con el juego de fútbol dentro y todos los cables listos para ser enchufados. Traje la tele pequeña al cuarto y la coloqué sobre la silla. Culo y yo nos sentamos en el suelo, apoyando la espalda en la cama, y agarramos los mandos. Al principio, cuando nos la compraron, le ganaba siempre, pero últimamente se me estaba subiendo a la chepa. Ese día estaba dispuesto a dejar claro quién era el que mandaba.

A la tercera derrota consecutiva, le dije que mi mando no funcionaba bien y me lo cambió. Una victoria, dos empates y seis derrotas después, le pregunté a mi hermano si había practicado a escondidas y me dijo que no. En el fondo hubiera preferido un sí; de esa forma no habría sido tan grande la humillación.

Un amigo de Ana, al salir del servicio, se asomó al cuarto. Tenía los ojos rojos y la coordinación de sus movimientos dejaba mucho que desear.

–Coño, un partido. ¿Quién juega?

–Culo y yo, es un juego de la consola –le aclaré.

–Aaaaah, ¿me dejáis echar un partidillo?

Levanté el mando y lo cogió delicadamente con las dos manos, como si fuese un bebé y tuviese miedo de que se le fuese a escurrir. Se dejó caer en el suelo y Culo presionó el botón de *Volver a jugar*. El primer gol de mi hermano (a los diez segundos, aproximadamente) lo celebró como si lo hubiese metido él.

–¡Gooooooooool! –gritaba desesperado.

Le explicamos cuáles eran sus jugadores.

–Ya decía yo que lo estaba haciendo demasiado bien.

Terminó el partido. Culo no le había marcado más goles porque no hubo tiempo. Cuando salió del cuarto, mi hermano me preguntó en voz baja:

–Álber, ¿qué le pasa a este?

–Nada, que lleva un pedo que no se tiene.

3

Henry se encerró en su cuarto.

Había demasiada gente en la casa, demasiado ruido, continuamente. Él nunca había necesitado tranquilidad, intimidad ni nada por el estilo, pero ocho personas eran muchas para un piso de tres habitaciones minúsculas y un solo baño. Su hermano Andrés y él no habían sido capaces de encontrar otro mejor por el precio que podían pagar y sin los papeles en regla. Lo compartían con un joven matrimonio ecuatoriano y con otro español, que tenía dos mellizos recién nacidos que taladraban tímpanos con su llanto. Henry apenas trataba con sus compañeros de piso, no le gustaban, estaban en mundos totalmente distintos. Vidas bajo el mismo techo, pero a años luz.

Se quitó la gorra y la tiró a una de las baldas que colgaban de la pared. Había vuelto con la pistola, con el móvil y con sendos cargadores: el que se enchufaba y el que se llenaba de balas. El móvil lo colocó junto a la visera y metió tripa para sacar la pistola y el cargador de dentro del pantalón. Henry examinó un rato la parte del armario que le correspondía y decidió envolverlo todo en un jersey feísimo que había quedado relegado al fondo y que nunca se ponían ni su hermano ni él. Se dejó caer en su litera, la inferior, y cerró los ojos. Los primeros días le incomodaban los muelles bajo el famélico colchón, pero ya se había acostumbrado.

Cientos de pensamientos atravesaron su cabeza, dejando sedimentos de duda y miedo, pero al final quedó resonando la voz de Jaramillo, que extrañamente lo tranquilizó: «A nosotros acuden desde humildes trabajadores hasta importantísimas bandas. ¿Quién no tiene motivos para matar a alguien, o al menos para amenazarlo? Muchísima gente lo haría si tuviese valor y seguridad de salir impune. Por eso recurren a nuestros servicios, somos no más el arrojo que les falta, el dedo que aprieta el gatillo. ¿Casos? Todos los que quieras y más: el inspector de policía que mete las narices donde no debe, el vecino que tiene amedrentada a la comunidad, el juez incómodo que no quiere dejarse comprar, el que ganó haciendo trampas –o sin hacerlas– una partida de cartas millonaria, el lambón que comienza a colaborar con la justicia, el violador absuelto al que la víctima quiere ver asfixiado con sus propios testículos, el acreedor que no acepta un «no tengo plata» por respuesta, el inspector de tributos que pretende sacar tajada de una compañía, políticos, empresarios y traficantes de droga, traficantes de armas, de mujeres, de niños, de órganos, de influencias... Esto es una rueda sin fin, Henry, dudo que algún día nos falte trabajo».

Se aproximaba su primer encargo. Si se daban las circunstancias que Jaramillo consideraba adecuadas, podía ser esa misma noche; solo tenía que sonar el móvil. Del tipo de la foto, Henry no quería recordar más que los datos imprescindibles para acabar con su vida y convencerse, además, de que se lo merecía. Insistía en la idea de que era un sucio traficante de droga, un envenenador de la sociedad que, además de enriquecerse con la muerte, no pagaba sus deudas; se le veía en la cara, no era buena gente... Pero todos esos pensamientos no eran más que un mecanismo de protección contra su inseguridad: echar la culpa al traficante y acumular sobre él todo el odio del que fuese capaz. Era algo insólito, ya que había tenido relación con algunos traficantes y jamás le había importado que se dedicasen a vender droga. Pero así funcionaba su mente en esos instantes.

A través de la puerta, oyó a su hermano. Acababa de volver del trabajo y saludaba efusivamente a los compañeros de piso que estaban en el salón. «¿Realmente Andrés estará tan interesado en saber cómo les fue el día?», pensaba Henry cada noche, y lo que le irritaba era que estaba convencido de que sí. No le gustaba ver a su hermano rendido. Rendido a un trabajo peor que basura, rendido a los formalismos sociales que te exigían mostrarte feliz aunque fueses un desgraciado, rendido a María, una chica española con la que llevaba saliendo un par de meses, rendido a un país que no los sentía propios, rendido a tantas cosas...

«Nosotros vinimos acá a hacer algo grande», le había dicho en alguna ocasión, «no a sobrevivir de las monedas que le sobran a un explotador». Pero Andrés nunca reaccionaba a las provocaciones de Henry; de hecho, no le llegaban a parecer ni provocaciones. Él se llevaba bien con todo el mundo, incluso con el tirano que le hacía trabajar un sábado hasta esas horas. Era así. Más de una vez, Henry estuvo tentado de hablarle de la organización, de proponerle que entrasen los dos, pero siempre se echaba para atrás. Su hermano no se parecía en nada a él y lo más seguro era que no fuese capaz. Incluso temía que Andrés, si se enteraba, llegase al extremo de denunciar a la organización, o incluso a él mismo, a su propio hermano. Se estaba tomando muy en serio el consejo, casi la imposición, que les diera su madre entre lágrimas al despedirse: «Tienen que ser ciudadanos de orden y representantes dignos de su patria, y no de esos bullangueros que nos crean la fama injusta que tenemos». Ni que fuésemos embajadores, había pensado entonces y seguía pensando ahora Henry.

Chirriaron las bisagras de la puerta y entró su hermano, con su cazadora de cuero desgastada y raspada por todas partes y el casco de la moto a la altura del codo. Trabajaba de repartidor en una empresa de mensajería, y como no tenía papeles, las condiciones laborales dejaban mucho que desear. Si se ponía malo o tenía un accidente laboral, no cobraba; si se iba de vacaciones, tampoco; pagas extra, ni olerlas. La frase que le dijeron cuando empezó fue algo similar a: «Esto es lo que hay, o lo tomas o lo dejas». Andrés lo tomó y, aunque a Henry no le gustaba, no pudo protestar porque eran sus únicos ingresos.

–¡Qué hubo, hermano! –le saludó Andrés, mientras se despojaba del casco y de la cazadora.

Henry cambió el gesto nada más verlo entrar y, sin levantarse de la litera, compuso una espléndida y falsa sonrisa.

–Me salió un trabajo –dijo con toda la efusividad que pudo, que no fue mucha.

–¡Chévere! –exclamó Andrés.

Henry odiaba esa expresión, le recordaba a los culebrones venezolanos.

–¿Y dónde?

–En una empresa de seguridad. No tiene un horario fijo, pero pagan buena plata.

–¿Pero qué le toca hacer? ¿Por qué no tiene un horario fijo? –preguntó Andrés, con el entrecejo arrugado en una mezcla de curiosidad y preocupación.

Henry no explicó más; consideraba que no podía dar más información sin que su hermano sospechase. Andrés insistió, pero todas sus preguntas se estrellaron contra un muro de evasivas y vaguedades. De pronto, la melodía del nuevo móvil, desconocida para ambos, dejó a Andrés a mitad de una pregunta. Los dos miraron hacia el aparato que, al vibrar sobre la balda, parecía que intentara avanzar hacia algún sitio. Henry se levantó veloz de la litera y lo cogió, sin descolgarlo. Salió del cuarto, y hasta que no llegó a la terraza no pulsó el botón.

–¿Hola?

–Todo listo. Hoy va a ser la vaina. Suerte –se limitó a decir Jaramillo.

Minutos más tarde, tumbado en la litera, Henry disimulaba como podía los nervios, pero los ojos se le iban constantemente al reloj. Su hermano no salía del cuarto y él tenía que coger la pistola. Resultaría ridículo que después de haberlo preparado todo, después de haber entrenando el manejo de la pistola durante meses con Jaramillo, después de haber conocido al gran K, llegado el momento, no lo pudiese llevar a cabo porque la pistola estaba en el armario y su hermano no abandonaba la habitación. Resultaría ridículo si no fuese espantoso. Henry no quería ni imaginar la cara de Jaramillo o de K cuando lo oyesen, así que cerró los ojos y se hizo el dormido, a ver si de esa forma...

–Me tiene que dar el número de su celular nuevo.

–Aún no me lo aprendí –improvisó Henry.

–Hágame una llamada perdida y lo grabo.

–Se acabó la batería con la anterior conversación.

–¿No va a cenar? –le preguntó Andrés.

Henry abrió un ojo. Le reventaba que su hermano lo tratase como a un hijo. Andrés solo tenía diecinueve años, uno más que él; quién se habría creído... Pero no era el momento de saltar, eso únicamente empeoraría las cosas. Había que mantenerse frío, la especialidad de Henry.

–No, gracias. He quedado ahorita... Ya comeré algo por ahí.

Andrés dio media vuelta y finalmente salió de allí negando con la cabeza. Un suave portazo puso punto y final al desagradable ruido de las bisagras. Henry abrió el otro ojo y se incorporó con rapidez, aguzando el oído por si a su hermano le daba por volver. Abrió el armario e introdujo su mano entre los pliegues del jersey. Con todo el material necesario, se dirigió al cuarto de baño, el único lugar de la casa cuya puerta tenía pestillo. Era la primera vez que manipulaba la pistola sin la compañía de Jaramillo, pero como había practicado tanto no encontró ninguna dificultad. Introdujo las balas en el cargador, una a una, y a su vez, el cargador en la culata, y se cercioró de que la palanca de seguridad seguía bajada. Cuando ya tenía medio cañón dentro del pantalón, vio su imagen en el espejo y se detuvo frente a ella. Volvió a sacar el arma y apuntó a su reflejo, que al mismo tiempo le apuntó a él. Se miraron por un instante como perfectos desconocidos, y Henry tuvo la extraña impresión de que si disparaba, ambos morirían. Después giró la muñeca, y con ella la pistola, como había visto hacer en alguna película, sonrió de forma casi imperceptible y abandonó el servicio.

A pesar de que la noche llevaba un buen rato tendida sobre Madrid, Henry salió a la calle con la gorra. La pistola, preparada para matar, parecía pesar más que otras veces. Sabía perfectamente el recorrido que tenía que seguir para llegar hasta aquel parque solitario por donde pasaría el tipo de la foto. Caminaba ligero, pero sin llegar a correr para no llamar mucho la atención; aunque si algo había aprendido desde que llegara a Madrid, era que había que dar muchísimo el cante para llamar un poquito la atención; la regla general era el anonimato. Quizá eso era lo único que le gustaba de la ciudad.

La adrenalina afinaba sus sentidos: tenía la mirada ancha, podía oler su propio miedo y oía sus pisadas y su respiración más cerca que nunca. Cada paso, cada roce de sus zapatillas con el suelo, lo acercaba a lo inevitable. Tenía miedo, es cierto, pero por otro lado sentía una especial excitación, el vértigo ante el abismo. Quizá era aquello de lo que le había hablado Jaramillo en alguna ocasión: «Matar tiene un grado de intensidad y de energía del carajo, es una descarga brutal. Quien no lo pruebe, jamás lo comprenderá».

El hombre de la foto caminaba junto al centro comercial del barrio. En esa zona se encontraba un poco más seguro, protegido por la confusión de la multitud. Desde hacía tres días, su vida valía menos que una bolsa de pipas, y él lo sabía; sentía cómo acechaban sus pasos, controlaban sus movimientos, lo observaban... Dejó atrás el centro comercial y la masa de gente comenzó a ser cada vez menos compacta, el escudo protector se dispersaba en todas las direcciones. Unos metros después, se dio cuenta de que no había nadie a su alrededor, solo las siluetas negras de los árboles recortadas contra los edificios. Se internó en el parque buscando con la mirada algún paseante intempestivo o algún grupo de jóvenes haciendo botellón para sentirse ligeramente cobijado, pero no había nadie.

El bullicio de la calle quedaba casi en otro mundo; ahora el rumor de unas hojas, una ráfaga caprichosa de aire, el crujir de una rama seca bajo sus pies, todo le asustaba como a un niño perdido. Si aquellos que lo habían amenazado no acababan con él, lo harían sus propios nervios. Pero ya había planeado una huida, y eso era lo que le mantenía activo y esperanzado. Aunque tuviese que empezar de cero en un lugar remoto, aunque tuviese que renunciar a amistades, a su casa, a su nombre, a todo lo que poseía en Madrid... Si tenía que renunciar a su vida, mejor que fuese así.

Avanzaba por el parque, veloz pero sigiloso. Al fondo, entre las ramas de los árboles, divisó el edificio donde vivía y una de las ventanas de su casa. Si su cuerpo pudiese moverse tan rápido como su mente, ya estaría ahí, tirado en el sofá, con todas las llaves echadas. Aceleró aún más el paso, ya le quedaba menos para llegar, cada segundo era una pequeña victoria. Pero de pronto ese reloj se detuvo. Una figura humana se desgajó de una zona de oscuros arbustos. Lo único que podía ver bajo la densa sombra de su visera eran los cuatro pelos que le colgaban de la barbilla. Las farolas no eran más que débiles puntos de luz reflejados en el negro de la pistola que le estaba apuntando. Sin remedio, se desvaneció toda estrategia concebida con anterioridad. De qué había servido elucubrar tantas formas de actuar en situaciones similares a la actual... El vacío en su mente condujo a la inmovilidad de su cuerpo. La sombra dio dos pasos hacia él y, sin titubeo aparente, levantó la pistola, montó la corredera, apuntó hacia su pecho y apretó el gatillo. El hombre percibió al mismo tiempo la detonación y un dolor muy intenso en su brazo izquierdo. Retrocedió un par de pasos, pero no cayó al suelo.

–¡Espera, no dispares más! –le suplicó a la sombra.

–Deme un solo motivo –respondió una voz insultantemente joven.

–¿Cuánto te van a pagar por matarme? Te doy lo que me pidas.

–Si tuviese suficiente plata para comprarme, ya habría pagado su deuda y le sobraría.

–Mira, chaval, te pue...

El impacto de la primera bala le dejó con media palabra en la boca.

Seis disparos seguidos acabaron con la vida de aquel tipo al que Henry había visto aquel día por primera vez.

Ataque de pánico

4

Ya habíamos quedado el lunes anterior («después de clase y solo chicos», fue la consigna), y volvimos a quedar ese, por lo que deduje que lo de los móviles podía terminar convirtiéndose en una costumbre. Al principio, alguno pillaba algo por casualidad, nos lo enseñaba, nos partíamos y punto; pero desde que se generalizó en mi pandilla el uso de teléfonos móviles con cámara de fotos y con grabadora de voz, necesitábamos reunirnos con tiempo por delante.

Llegamos al banco de siempre en el exterior del centro comercial, y nos sentamos. Sin dar tiempo a otra cosa, desenfundamos los móviles, ansiosos por ofrecer nuestro material y comprobar el de los demás. Durante más de cuarenta minutos, nos dedicamos a repasar todo lo que habíamos podido captar. La mayoría eran fotos de chicas; cuanta más carne se viese, cuanto más buena estuviese la tía y cuanto más riesgo se hubiese asumido al tomarla, más admiración despertaban. También había fotos curiosas, de gente rara, pillada en posiciones extrañas o con unos gestos absurdos. Yo esa semana no le había dedicado mucho tiempo, lo más destacable que había conseguido fue un escote decente de una de las compañeras más guapas. El repertorio de chicas era bastante mayor que el del lunes anterior: sujetadores asomando entre los botones de una camisa o por el cuello ahuecado de una camiseta, pantalones que marcaban culos de escándalo, pezones intuidos (casi imaginados) bajo la tela... Pero con la que más alucinamos fue con la foto de una chica, sentada en un bordillo, con un tanga *hilo dental* que sobresalía unos diez centímetros por encima de los pantalones. La decretamos, por unanimidad de risas, la mejor foto de la semana. Luego pasamos a las grabaciones de voz. Uno había capturado a sus padres echándole la bronca por lo que gastaba con el móvil; otro, a un mendigo mientras pedía limosna en el metro; una discusión entre dos conductores que casi acaba a guantazos; otro amigo, a él mismo diciéndole a una chica: «Me gustaría ser bizco para verte con cuatro tetas», y a ella respondiendo: «Y a mí ser ciega para no volverte a ver»... Y así, uno a uno, nos íbamos pasando los móviles de oreja a oreja para escuchar lo de todos.

–Yo esta semana no he podido grabar nada.

–Pues aplícate, Alberulo, aplícate.

Les había mentido, pero es que pasaba de que todos escuchasen las palabras de Marta repitiéndome que como amigo era genial. También había intentado grabar cómo la profesora echaba de clase a un compañero, pero escondí tanto el móvil para que no me pillase que no se oyó nada. Los teléfonos volvieron a los bolsillos con las baterías bastante más bajas y, antes de marcharnos a casa, nos propusimos conseguir nuevas víctimas, proezas, retos, con nuestros teléfonos como testigos indiscretos.

El ordenador parecía arrancar más lento que otros días... Venga, venga. Cuanto más evoluciona la tecnología, más tardan en arrancar los aparatos. ¿No tendría que ser al revés? En realidad no le pasaba nada al ordenador, sino a mí, que estaba devorado por la impaciencia. El domingo, Aarónica no se había conectado. Me tiré prácticamente todo el día pendiente, pero nada. Cada vez que tenía que dejar el cuarto (para ir al servicio, para bajar a por el pan...), volvía corriendo con la seguridad de que justo en ese momento el muñequito se habría puesto verde. Fueron momentos de angustia que esperaba que no se repitiesen, porque dos días seguidos sin saber de ella serían duros de sobrellevar.

Aarónica dice: Hola, Gotiquín.

¡Síii, era ella! Menos mal.

Gótico dice: Ayer fue el día más largo de mi vida.

Aarónica dice: Exagerado. Dime qué sentiste.

Gótico dice: ¿Ya empiezas con las preguntitas?

Aarónica dice: Ya sabes que me gusta ir al fondo de todo. Quiero conocer lo más profundo de ti, qué eres capaz de sentir.

¿Quería saberlo...? Pues se iba a enterar.

Gótico dice: Si quieres sinceridad, la vas a tener: creo que me estoy pillando contigo. Y para ser más sincero aún, no sé cómo puedes encontrar estimulante mi conversación cuando salta a la vista que eres diez veces más inteligente que yo.

Aarónica dice: ¡Qué dices!... Como mucho, seis veces más... (es broma).

Gótico dice: El sábado, cuando desconectamos, se me ocurrió la respuesta a tu pregunta.

Aarónica dice: ¿A cuál de todas?

Gótico dice: También es verdad, je, como me hiciste pocas... La de ¿qué crees que somos tú y yo? Pues creo que somos un pequeño vicio el uno para el otro. Es una frase seis veces menos bonita que la tuya, pero es a lo que yo puedo llegar.

Aarónica dice: No está mal, teniendo en cuenta que cuando te conocí, tus frases eran todas del estilo de «las chicas me la sudan», «paso de pibas», «ni en pintura»...

Gótico dice: ¡Ay, qué bueno!, ya ni me acordaba. Es que acababa de tener un minúsculo desengaño; minusculísimo, si lo pienso ahora. Quizá exagero llamándolo desengaño.

Aarónica dice: Cuéntamelo.

Gótico dice: Aarónica...

Aarónica dice: ¿Qué?

Gótico dice: ¿Tus ganas de saber son insaciables?

Aarónica dice: Sííiiii.

No sabía cómo le podía interesar tanto lo que hacía, lo que pensaba o lo que sentía, si mi vida y mis pensamientos eran de lo más aburridos. Dudé entre contarle lo que pasó realmente o inventarme una película. No quería que pensase que un considerable porcentaje de las chicas a las que había entrado me habían mandado a tomar viento fresco. Vamos, que no quería que supiese algo que era verdad. Pero, por otro lado, tampoco me apetecía engañarla; había podido hablar con ella durante una semana sin recurrir a engaños, ni siquiera a exageraciones, algo difícil, tratándose de ligar.

Gótico dice: El día que te conocí, por la mañana, había visto en la calle a una chica increíble. Las farolas, los árboles y los edificios se arrodillaban a su paso, te lo juro. Estábamos a escasos metros de cruzarnos cuando se detuvo. Yo también me detuve, instintivamente, aunque disimulé haciendo como que estaba perdido. No se había parado por mí, claro, sino por la guardería que había a mi espalda. Rebuscó e...

Había llegado al límite de caracteres en el *messenger*; iba tan suelto que, si me llego a descuidar, termino escribiendo un libro.

Gótico dice: ... Rebuscó en el bolso que llevaba colgado en bandolera y sacó un papel y un rollo de celo. Cortó un trozo, pegó el papel en una farola y siguió su camino. No pude separar los ojos de ella hasta que desapareció de mi vista. Me acerqué a ver qué ponía en el papel: Clases particulares, niñera. Experiencia y buenas referencias, y debajo, el papel cortado en muchas tiras, con su nombre y su número de tel...

Gótico dice: ... de teléfono en cada tira. Sin pensarlo, arranqué una de ellas y me la guardé, pero me quemaba en el bolsillo, así que no pude esperar. Con el papelito en una mano y el móvil en la otra, la llamé.

Aarónica dice: ¿Que la llamasteee? Eres la caña, tío, ¿y qué más pasó?

Gótico dice: Fue el típico impulso que sabes que no conduce a nada, pero que no puedes evitar tener. Estás obnubilado y ves más cerca la posibilidad de que surja algo que las quinientas de que pase lo que realmente pasó. Descolgó y le dije de buenas a primeras que le acababa de ver pegar un cartel y que no había podido resistirme a llamarla. No me dejó seguir hablando.

Aarónica dice: ¿Y qué te dijo?

Gótico dice: Mejor no te lo cuento... Para que te hagas una idea, lo más suave que me llamó fue «obseso de mierda».

Aarónica dice: Buah. Ya no quedan románticos...

Gótico dice: Quedo yo.

Seguimos hablando. Tenía más confianza con Aarónica (una desconocida, al fin y al cabo) que con cualquier miembro de mi familia. Resultaba triste decirlo, pero era así. Quizá no había encontrado con ellos esas palabras pértiga que te ayudaban a saltar el muro que nos separaba pese a estar todos los días juntos. Con Aarónica era mucho más fácil, se interesaba más por mí, me entendía mejor que ellos... ¿o sería precisamente que por ser mi familia me negaba a darles la posibilidad de entenderme, como si no fuesen a ser capaces? No lo sabía, y es más, ni siquiera me importaba en esos instantes. Las palabras de Aarónica aparecían hipnóticas frente a mis ojos.

Pasaron los minutos y me cansé de esperar un resquicio por el que colarle una cita, así que decidí pedírsela, aunque no tuviese que ver con la conversación.

Gótico dice: Esto va completamente en serio: necesito que nos veamos.

Después de mi mensaje, se hizo el silencio en la pantalla.

Gótico dice: ¿Aarónica?

Nada, ni una palabra. Me empecé a poner nervioso.

Gótico dice: ¿Estás ahí?

Aarónica dice: No puedo seguir con esto.

Mis manos se congelaron sobre el teclado. ¿De qué estaba hablando?

Aarónica dice: Eres un chaval estupendo y creo que he ido demasiado lejos contigo. No se puede jugar así con la gente. Te voy a decir la verdad. Espero que no te afecte mucho.

Gótico dice: Venga, ¿a qué esperas?

Aarónica dice: Ni tengo dieciséis años ni soy una chica ni vivo en tu barrio. Tengo veintinueve años y soy escritor. Estoy escribiendo un libro en el que uno de los personajes, un chico más o menos de tu edad, liga con una chica por internet. Podía haberme imaginado la situación simplemente, lo he hecho muchas veces, pero un día se me ocurrió probar y, desgraciada o afortunadamente, apareciste tú. Lo siento.

Escuché dentro de mi cabeza el estruendo de mis esperanzas al hacerse añicos. ¿Dónde estaba eso que existía unos segundos antes, dónde se había metido? Mi mente trabajaba para recolocar las ideas ante este giro imprevisto, y solo llegaba a una conclusión: había hecho el ridículo y había malgastado mucho tiempo y mucha ilusión.

Aarónica dice: ¿Gótico?

Como dicen que en las derrotas es donde se conoce a la gente, decidí frenar a mis dedos, locos por empezar a teclear insultos. Y eso que no habría tenido mayor problema en hacerlo, pues ni siquiera lo conocía y seguramente no volvería a saber de él.

Gótico dice: No pasa nada, estoy perfectamente. Debes de ser un buen escritor, pues me he creído tu personaje a pies juntillas, vamos, que casi me había enamorado de él. Lo que no sabes es que yo también te he engañado en algo.

Aarónica dice: Déjame que lo adivine: en lo de la chica que pegó el papel en la farola. De ahí podría salir un buen cuento.

Estuve tentado de decirle que yo era una mujer de veintisiete años para ver si se lo creía y así devolvérsela, pero me pareció que era rizar demasiado el rizo; además, no sabría cómo meterme en una mujer de esa edad, era un ejercicio de imaginación demasiado complicado.

Gótico dice: Pues no, lo de la chica del papelito sucedió de verdad. Te he engañado con la primera frase de mi anterior mensaje.

Entre que Aarónica (ahora Aarónico) no paraba de disculparse, y que yo no quería perder más tiempo con algo que no me conducía a ningún lado, la conversación decayó. Nos despedimos con amables y, al menos por mi parte, falsos cumplidos. Incluso él, para demostrar su arrepentimiento, me dijo que tenía su correo electrónico para lo que quisiera.

El correo electrónico para lo que quisiera... ¿Se podría matar a alguien a través del correo electrónico?

Esta vez fui yo el que buscó a Culo para jugar a la consola. Me ganó todos los partidos. Después cenamos, me comí el yogur en el sofá y me fui a la cama sin ver siquiera la tele. Quería que terminase cuanto antes ese día de derrotas.

5

Henry se calentó una pizza en el microondas. Confiaba en que a esa hora tan temprana no se le uniese a la cena ningún compañero de piso; quería estar solo. Habían pasado dos días desde que matara a aquel tipo y estaba siendo más duro lo que había venido después que el simple acto de disparar: los efectos secundarios del asesinato. La pizza era lo primero que se iba a llevar a la boca desde aquel día. Se encontraba cansado, desganado, quizá sufriendo una larga resaca por la brutal descarga de adrenalina. Jaramillo le había llamado el domingo para comunicarle que, tan pronto verificasen que el trabajo estaba hecho, le pagarían.

Se dirigió al salón, encendió la tele y se sentó en el sofá con el plato caliente sobre sus piernas cruzadas. No hubo suerte: cuando la mozzarella del primer bocado aún le destemplaba los dientes, el matrimonio español salió de su cuarto y se dirigió a la cocina. Henry intentó comer deprisa, pero ellos tenían ya preparada la cena, solo necesitaban calentarla. El *ding* del microondas anunció su inminente aparición.

–Enhorabuena, Henry –le dijo la mujer–. Ya nos ha contado Andrés lo de tu nuevo trabajo. Estarás contento, ¿no?

Henry les miró durante un par de segundos, asintió y medio sonrió sin pronunciar palabra. Lo justo para no mostrarse demasiado desagradable pero que tampoco pareciese interesado en conversar con ellos. Odiaba que su hermano hablase a los demás de su vida. A él no le importaba absolutamente nada de lo que hicieran sus compañeros de piso y deseaba que ellos tuviesen la misma consideración con él. Tanto si les iba bien como si les iba mal, Henry no tenía ningún motivo para alterar su estado de ánimo. Siempre había odiado que gente cercana hablase a desconocidos de su vida. Además, no entendía por qué Andrés había comentado algo de un trabajo que ni siquiera sabía exactamente en qué consistía.

El matrimonio entendió que era inútil seguir intentando hablar con él. El hombre cogió el mando a distancia y miró a Henry:

–¿Te importa?

–No, no, cambie de canal. Yo ya casi terminé de cenar –dijo Henry, a pesar de que le quedaba más de la mitad de la pizza.

Las imágenes de la pantalla fueron cambiando hasta que de pronto se detuvo en el canal autonómico.

–¡Mira! –exclamó la mujer–. Es el centro comercial del barrio.

El gran edificio se veía al fondo, por encima de las copas de unos árboles. La noticia ya estaba empezada. Lo que llamó la atención de Henry fueron las palabras del locutor: «... presentaba siete heridas de bala». Al levantar la vista, tuvo que agarrarse fuerte al plato para disimular la impresión. Las cámaras enfocaban unos restos de sangre casi ocultos por la arena. Reconoció el lugar: era justo el punto donde habían quedado flotando las últimas palabras de aquel tipo. Henry sabía que eso podía suceder, estaba preparado y por eso no se le cayó el plato del susto, pero aun así, la impresión fue enorme, y más cuando apareció un primer plano sonriente del fallecido, mientras el locutor enumeraba su nombre, su edad, sus antecedentes penales y más detalles presuntos del asesinato. «Según un portavoz de la policía, todo apunta a un ajuste de cuentas entre narcotraficantes, pero de momento no se descarta ninguna línea de investigación». A Henry le pareció eterno el tiempo que llevaba la imagen de aquel tipo en la pantalla. Tenía la sensación de que, aunque terminase la noticia y el presentador comentase una nueva, esa imagen iba a permanecer en la pantalla, congelada.

–Hay que ver –suspiró la mujer–. Prácticamente a las puertas de su casa. Uno ya no sabe...

Henry se levantó sin haber terminado de comer, esforzándose por actuar ante sus compañeros de piso con naturalidad, como lo haría cualquier otro día, es decir, sin dirigirles la palabra. Le tranquilizaba saber que aunque estuviese convulso por dentro, ellos no podían sospechar nada. No podían ni acercarse a imaginar que estaban presenciando el resultado del trabajo por el que le acababan de dar la enhorabuena. Oyó terminar la noticia desde la cocina, pero no pudo deshacerse de ella. Huyó a su cuarto, pero la cara de su víctima lo perseguía. No sentía remordimientos, no era eso; había hecho lo que debía y quería hacer. Era un malestar difuso, indeterminado, con cara de cadáver sonriente.

La melodía del móvil le impidió tumbarse en la litera. Solo podía ser Jaramillo.

K y Jaramillo se veían en la oficina aproximadamente una vez a la semana, y procuraban cambiar el día y la hora para evitar que se pudiesen controlar sus movimientos. La organización había alcanzado tal magnitud que tenían que actuar como si ellos fuesen los perseguidos, y no era de extrañar que de hecho lo fuesen: había muchos intereses subterráneos, mucho poder en juego.

Sobre la mesa redonda, varios asuntos; entre ellos, el de Henry.

–¿Sin problemas con tu pequeño compatriota?

–Cometió algunos errores mínimos –admitió Jaramillo–, pero nada si lo comparamos con los últimos primerizos. El muñeco quedó tieso.

Le explicó a K que el error principal fue hablar con la víctima. No debía haberle dejado abrir la boca porque en ese tiempo, en vez de hablar, podía haber sacado una pistola y las cosas se habrían torcido. Pero Jaramillo se encargó de pulirlo bien.

Pese a su perspicacia, a Henry no se le había ocurrido pensar que pudieran haberlo seguido. Sin embargo, así era. Jaramillo lo había vigilado desde que salió de su casa hasta que disparó a aquel hombre. No respondía a nada especial, era una práctica habitual que llevaban a cabo con todos los novatos. Tenían que saber a quién metían en casa En la mayoría de los casos, al tercer o cuarto trabajo, cuando comprobaban que valía y que era de fiar, dejaban de seguirlo. Pero hasta entonces se mantenían alerta a cualquier indicio que inspirase desconfianza.

A petición de K, uno de sus guardaespaldas se presentó en la habitación con un generoso montón de billetes. A K no le gustaba llevar dinero encima, casi ni tocarlo, le parecía algo como de pobres. A él lo que le gustaba era ver crecer sus cuentas corrientes, repartidas en distintos países para diversificar el riesgo. Jaramillo guardó el fajo en el bolsillo y sacó su teléfono móvil. En la pantalla apareció: *Llamando HY.* Henry respondió inmediatamente:

–¿Hola?

–¿Conoce La Cueva de Morgan?

–No fui nunca, pero sé más o menos dónde queda.

–¿Nos encontramos allá en quince minuticos? –preguntó Jaramillo.

–Perfecto.

Cada fin de semana desfilaban por La Cueva de Morgan no menos de mil personas. Charlar, echarse unas risas, tomar copas, bailar, arrimarse, respirar amor..., cualquier motivo era bueno para acudir allí. La decoración interior, cuidada al detalle, mostraba una mezcla entre un barco pirata y un arrecife de coral. Aparentemente parecía un bar de copas que cumplía escrupulosamente la ley: no vendía garrafón, cerraba a la hora que disponía el Ayuntamiento, todos los que trabajaban tenían su contrato laboral y cotizaban a la Seguridad Social, cumplía todas las normativas de Sanidad y Consumo... Pero en realidad era una de las múltiples tapaderas que tenía la organización. Servía a la vez de lavadora de dinero negro y de almacén. Nadie solía fijarse en eso, pero cruzando el techo había unos cuantos tubos de aire acondicionado que nunca expulsaban aire. Y los tubos de aire acondicionado en un sitio como ese no son pequeñas tuberías, sino enormes conductos en los que caben muchas cosas. La gente danzaba, bebía, saltaba, sin saber que sobre sus cabezas podía haber kilos de droga, un arsenal de armas o sacos de dinero, según el día.

La Cueva de Morgan original, de la que tomaba nombre el local, es una gruta coralina, laberíntica y en constante crecimiento por la erosión del agua. Se encuentra en la isla de San Andrés, en el mar de los siete colores, y algunos cuentan que nadando y buceando por sus túneles se puede llegar a una preciosa playa virgen o a una profunda laguna. Según la leyenda, el bucanero inglés Henry Morgan escondió en ella muchos de los tesoros que fue reuniendo con no muy buenas artes en sus correrías caribeñas. Pensándolo bien, era el nombre perfecto para el pub.

Era lunes, y el local estaba prácticamente vacío. Después de buscar un rato, los ojos de Henry, ensombrecidos por la capucha de la sudadera, dieron con Jaramillo. Estaba acodado en la barra del fondo, la más alejada de la puerta, hablando con un chico de veintitantos años. Al ver a Henry, le hizo un gesto para que esperase un momento. Instantes después, Jaramillo levantó la vista, echó una ojeada rápida al local y le dio una pistola y una caja de munición. A continuación, le despidió y llamó a Henry.

–¿Qué se toma, parce? –preguntó Jaramillo con una sonrisa, antes incluso de que Henry se sentara.

–Ron con limón.

Jaramillo repitió la petición al camarero y añadió:

–Del que ya tú sabes.

Se notaba que tenían confianza, o más que eso. En realidad, para todos los que trabajaban en La Cueva de Morgan, o en cualquiera de los negocios conectados con la oficina sur, Jaramillo era un superior, una especie de jefe o patrón; pero eso nadie tenía por qué saberlo, ni siquiera Henry. Información, lo más fragmentada posible, que cada miembro de la organización supiese lo mínimo imprescindible. Por la seguridad de todos. Era el concepto de los compartimentos estancos: podría inundarse alguno, pero el barco debía seguir a flote. El camarero regresó con una botella de ron Viejo de Caldas y les sirvió. Jaramillo acercó su boca al oído de Henry, pese a que la música llegaba suave a aquella zona y no había nadie que pudiera escucharlos. Deformación profesional.

–Ya vimos en el noticiero lo de aquel hombre –mintió Jaramillo–. ¿Cómo le fue, muy difícil?

–Apenas.

–¿Llegó y pim, pam, pum?

–Quedó frito –sentenció Henry.

Era difícil tirarle de la lengua. A Jaramillo le habría gustado poder decirle que había visto cómo había sucedido todo, y que tenía que corregir tal y tal defecto, pero que en suma bastante bien. Sin embargo, no podía, y si esperaba a que Henry se lo contase, al reloj se le podían acabar las horas. Así que decidió cambiar de táctica.

–Y ahora, ¿cómo se siente? No todos los días se mata a alguien por primera vez.

Henry dio un trago antes de responder. Así ganaba tiempo para sopesar si le contaba lo que sentía de verdad o enmascaraba su desazón. Cuando devolvió el vaso a la barra, ya se había decidido por una mezcla:

–Luego de matarlo, la pasé bastante mal; fue duro, pero ya ni me acuerdo.

Sonrió satisfecho, orgulloso del que esperaba secretamente que llegara a ser su mejor pupilo. Jaramillo no era una persona que se dejase arrastrar por las emociones. Para él, cada sentimiento que perturbara el razonamiento normal de una persona era una debilidad. Y no se podía permitir ser débil. No en su posición. Pero Henry le había caído bien.

–Como ya le dije, acá no hay respiro, nunca falta trabajo. No más terminas uno, amarras otro; a veces hasta se compaginan varios al tiempo, pero tú por el momento estás empezando y hay que ir de a poquitos –al terminar cada frase, Jaramillo observaba a Henry, que se limitaba a asentir bajo la capucha o a juguetear con los pelos de su perilla–. Ahora le vamos a encargar uno que está a medias. Le pasaremos en breve el informe con lo que se ha averiguado hasta ahora. Usted se va a encargar de recoger más información y de amenazar, de exigir las condiciones y, en el caso de que no se cumplan, de castigar.

–Estoy impaciente.

–Pero antes... –Jaramillo volvió a observar su alrededor con detenimiento, y cuando comprobó que nadie más que Henry lo miraba, extrajo del bolsillo un fajo de billetes y se lo dio–, su platica.

Henry se quedó con uno en la mano y guardó el resto. Luego llamó la atención del camarero agitando el billete. Jaramillo y el camarero sonrieron por su ingenuidad.

–En La Cueva de Morgan, los amigos de Jaramillo no pagan –aclaró el camarero.

Henry insistió un par de veces más y se guardó el billete. Le extrañaba que lo considerasen amigo de Jaramillo. Él no tenía amigos.

–Y no solo eso –añadió Jaramillo–, sino que ahora mismo nos vamos usted y yo a un club de la carretera de Burgos que tiene unas mamis muy relindas y en el que tampoco tenemos que pagar. ¿Aún no te ha llevado Roque?

–Me ha llevado a tantos...

6

Desde el momento en que choqué con la realidad de Aarónica, me sentí apagado. Cuatro días después, aún no me había repuesto. Me daba vergüenza acordarme. Es cierto que, por ser demasiado enamoradizo, casi siempre terminaba pasándolo mal. Pero esa vez había sido la peor con diferencia, y no por ser la última, como dicen, sino porque estaba sintiendo cosas distintas por *ella*, más intensas. ¡Qué capullo el escritor! Hacerme creer... Solo de acordarme, me daba un yuyu... A ratos pensaba que no tenía motivos para estar así; al fin y al cabo, no me había rechazado ninguna chica. Prefería no pensar en ello, dejar pasar el tiempo... Pero no podía. Mi vida estaba empezando a no gustarme nada, y ya no solo por los últimos tres tropezones con *chicas*. Acababa de salir del instituto, mochila al hombro, y no estaba contento porque al día siguiente ya fuera viernes. Me daba un poco igual que llegase el fin de semana, total, para lo que hacíamos últimamente... Siempre lo mismo: horas y horas sentados en el mismo banco, frente al centro comercial, las mismas caras, hasta las mismas bromas. Yo necesitaba más vida social, más emoción..., algo diferente, no sabía qué, pero de lo que estaba seguro era de que no quería limitarme a calentar un banco. Mis pisadas, una detrás de otra, al mismo ritmo, marcaban el compás de la rutina.

Sin embargo, a mitad de camino entre el instituto y mi casa, en el tiempo que se tarda en girar la cabeza hacia un lado, sucedió el milagro. Una visión hizo que todas mis zozobras se quedaran atrás, suspendidas en la nada hasta mejor ocasión, o quizá hasta nunca. Una chica acababa de salir de la biblioteca que había al otro lado de la calle, con un libro entre las manos. Sus rasgos eran sudamericanos, y su estatura, mediana tirando a baja. Debía de rondar mi edad y tenía todo el pelo recogido con una goma, de la que nacía una espléndida y voluminosa coleta. Caminaba en la misma dirección que yo, pero por la acera de enfrente, hasta que se detuvo. Retrocedió unos pasos y se sentó en una parada de autobús. No había nadie más junto a ella, la calle entera se había convertido en un decorado cuyo único fin era enmarcar su figura. Yo ralenticé mi caminar y la observé con más atención: parecía encogida, como si quisiese desaparecer dentro de ella misma. Echó una breve ojeada al libro, pero ni siquiera lo abrió. Pese a que su retraimiento le hacía agachar la cabeza, en la distancia pude adivinar unos labios tan llenos de carne que parecían una deliciosa fruta tropical. Me detuve y volví a la parada de autobús de mi acera, justo enfrente de la suya, como si fuese un pasajero a la espera; así podría observarla sin llamar su atención. Estábamos cerca el uno del otro, pues la calle no era muy ancha. Entonces ella levantó la cabeza y creo que me miró, pero rápidamente volvió a bajarla. Sin embargo, segundos después, repitió la misma operación, aunque esta vez desvió la vista, como si no me hubiese mirado más que de pasada. Pero yo sabía que no era así...

Alberto, no, otra vez no; deja que tus pasos te lleven a casita, que luego te pasa lo que te pasa, recuerda a la de las clases particulares, a Marta, a Aarónica... Mi parte más racional intentaba detenerme jugando sucio: sacando a relucir los últimos fracasos; pero sabía perfectamente que ya era tarde. Contra alguien propenso por naturaleza al enamoramiento súbito, había muy poco que hacer. Y menos aún si la chica dejaba caer de nuevo sus ojos sobre mí. Hice ver que seguía mi camino y, unos metros más adelante, en un punto donde ella no podía verme, crucé la calle. Me acerqué despacio, observando su perfil tras el cristal sucio de la parada. Cuando ya estaba tan pegado que el vaho de mi respiración lo empañaba, se me ocurrió una idea. Saqué el móvil y accioné la cámara de fotos. Había decidido hacerle una antes de bordear el cristal y llegar a su lado. En el improbable (pero nunca imposible) caso de que lo nuestro llegase a algo, sería gracioso decirle: «Esta foto te la hice segundos antes de entrarte». Miré la pantalla hasta que tuve su imagen centrada. Sin embargo, no pude hacer la foto porque de pronto ella giró la cabeza hacia mí. Primero lo vi en el móvil y luego lo corroboré con la realidad. Rápidamente cambié el teléfono de posición, como si estuviese leyendo un mensaje o jugando con él. Demasiado tarde. Seguro que me había pillado. La miré de reojo y ella empezó a ponerse colorada, muy colorada. Quizá mi presencia la ruborizase, lo cual no sería mala señal. Pero no, desgraciadamente no era eso.

La piel de su cara empezó a brillar por una película de sudor. Se llevó la mano al pecho, como si le oprimiera, y comenzó a temblar. El libro cayó al suelo sin que ella se preocupase por él. Yo me puse muy nervioso, pero no podía irme, así que acudí a su lado y, tras recoger el libro (*El corazón amarillo*), le pregunté:

–¿Qué te pasa?

Pero ella ni siquiera me escuchaba. Abría la boca intentando tomar aire, se notaba que le costaba. Me empecé a asustar seriamente. Le estaba dando algo y yo no sabía qué hacer. ¿Y si se me moría ahí mismo? Todo iba a más, casi podía escuchar su corazón desbocado. Los temblores se intensificaban.

–¡Ayuda! –grité lo más alto que pude, pero mi grito fue ahogado por el retumbo del autobús que se detuvo junto a la parada.

Yo empezaba a estar en otro mundo, la irrealidad se apoderaba de mí, como si todo estuviese ocurriendo en una pesadilla. Veía y escuchaba a través de una extraña membrana que me separaba de todo, incluso de mi propia voz, incluso de mí mismo. Mi mente captaba las sensaciones amortiguadas: la angustia descontrolada de la chica, voces sin procedencia, las puertas delanteras del autobús abriéndose, el pito de algún coche impaciente, ojos curiosos y pasivos tras las ventanillas, un hombre bajando del autobús: «médico», mi voz diciendo: «¡qué suerte!», una mano rodeando la muñeca de la chica en busca de su pulso, el temblor de sus bellos labios, el brillo del sudor en su rostro, el autobús reemprendiendo la marcha, murmullo de gente alrededor...

–No tengas miedo, soy médico –fue la primera frase completa que entendí; el hombre hablaba despacio, con voz serena–. ¿Cómo te llamas?

–... ika –o algo parecido balbuceó ella.

–Tranquila. Aunque ahora mismo estés pensando en lo peor, lo que te está sucediendo es algo muy normal. Se llama crisis de ansiedad, y se te va a pasar enseguida. Ya verás.

El médico, de rebote, consiguió tranquilizarme a mí; y los síntomas de la chica parecieron remitir muy ligeramente, aunque su estado seguía siendo preocupante.

–¿Necesita que haga algo? –le pregunté al médico, pero me dijo que no con un ademán.

Seguía mirándola fijamente.

–A ver, chica, léeme las matrículas de esos coches.

Mientras se lo decía, el médico fue girándose lentamente y señaló a los coches que se habían detenido en la calle para observar la escena. Sus dueños hasta bajaban la ventanilla para no perderse nada, pero ninguno se ofrecía a llevar a la chica, a ... ika, al hospital. Ella leía lo que podía. Se notaba que el médico sabía lo que se traía entre manos.

En unos minutos, todo se restableció. La gente (quizá secretamente decepcionada por no haber presenciado una muerte en directo u otra cosa interesante que contar a los vecinos) comenzó a irse. Escuché la voz de alguno de los que se retiraban: «A saber lo que lleva en el cuerpo esa cría, si es que estos sudamericanos...», y me volví para recriminar a quien hubiese pronunciado esas palabras, pero no fui capaz de asociar esa voz con ninguna de las espaldas que se alejaban. Los coches volvieron a circular por la calle a la velocidad habitual y bajo la marquesina de la parada nos quedamos el médico, la chica y yo. El primero miró el reloj y se dirigió a mí:

–Acompaña a tu amiga a casa y que descanse un poco.

Yo me sorprendí. Claro, no sabía que yo conocía a esa chica tanto como él, es decir, nada. Sin embargo, sin saber por qué, no se lo aclaré; o quizá sí lo sabía, pero quería pensar que no para no verme tan ruin. La miré, seguía sentada, recuperándose. La densa coleta negra dividía la parte superior de su espalda. Respiraba como si no terminase de creer que el aire llegara hasta sus pulmones.

–De acuerdo –le dije al médico en voz baja, para que no me oyera ella–. No se preocupe.

–Esto ha sido una crisis de ansiedad, o ataque de pánico, que viene a ser lo mismo. ¿Sabes si últimamente se ha visto sometida a presión?

–Es posible –respondí, sin mentir ni todo lo contrario.

Me explicó que, normalmente, las crisis de ansiedad se daban cuando alguien soportaba durante mucho tiempo, y quizá sin darse plena cuenta de ello, una situación de estrés muy superior al habitual. Aunque no siempre, a veces esa acumulación estallaba, originando lo que acababa de presenciar.

–¿Te había sucedido antes? –le preguntó esta vez a ella, que negó con la cabeza, aunque no muy convencida–. Si te vuelve a pasar de aquí a un mes aproximadamente, acude al médico –ella ahora asintió.

El hombre detuvo un taxi con la mano y se despidió. Nos confesó que, aunque tenía bastante prisa, no había podido evitar bajar del autobús al verla. Le agradecí sinceramente la ayuda; todavía había buena gente en el mundo. Nos quedamos, ella y yo, solos en la parada del autobús. Seguía sentada, acurrucada, parecía un animalillo indefenso y temeroso. Observaba todo con ojos de resucitada que aún arrastra el susto de su propia muerte; aunque su cuerpo hubiese vuelto a funcionar bien, no se podía deshacer de todo el miedo. Alargué el brazo y, con cuidado, coloqué el libro en sus manos.

–Se te había caído *El corazón...* –hice una pausa y añadí la palabra que le faltaba al título– *amarillo.*

Ella agarró el libro casi sin fuerza.

–Gracias –me dijo con un débil hilo de voz y pronunciando *grasias.*

Se produjo un incómodo silencio.

–Qué caña, ¿no? –me encargué yo de romperlo con lo primero que se me ocurrió–. Vaya jamacuco que te ha dado.

Pero sabía que tenía que decir o hacer algo más, ayudarla, que para eso le había hecho creer al médico que era su amigo; así que saqué el móvil y se lo tendí.

–¿Quieres avisar a tus padres?

–¡No, a mi mamá no! –negó con la cabeza y con las manos–. No quiero asustarla.

No podía evitar fijarme en sus labios al hablar: tenían vida propia, independientes de ella. El resto de la cara era normal, podría decirse que agradable, aunque en sus ojos, bajo el miedo que todavía llevaban impresos, se adivinaba una gran tristeza.

–Me ha dicho el médico que te tengo que acompañar a casa. Yo no tengo prisa, si quieres... –me detuve, pero ella no hizo amago de responder–. No vaya a ser que te marees o algo –añadí.

Se levantó con cuidado, comprobando la fiabilidad de sus piernas, que respondieron bien. Era algo más baja que yo, aunque menos de lo que había imaginado al verla tan encogida. Antes de contestarme, removió dentro de su pequeño bolso y sacó un pañuelo de papel, con el que se secó los restos de sudor de su cara.

–No es necesario *–nesesario–*, creo que ya estoy bien.

–¿Hacia dónde vas? ¿Ibas a coger el autobús?

–No, me senté porque me estaba empezando a sentir mal.

Aunque no era un experto en el comportamiento femenino, no se me escapó que quería que desapareciese de su vista lo antes posible. A pesar de lo cual no me di por vencido; eso no iba conmigo a no ser que hubiese evidencias empíricas, como que me mandasen a la mierda o que me dijesen que como amigo soy genial.

–Yo es que no te veo tan recuperada como para llegar sola a tu casa.

Ella levantó la vista y por primera vez me miró directamente a los ojos. Al adivinar en su gesto un amago de sonrisa, se deshizo en mi pecho el último nudo que quedaba y recuperé completamente la serenidad.

–¿No me ves recuperada para llegar a mi casa? ¿Y si vivo a diez metros de acá, en ese portal? –se rio... con esos labios.

–No, si yo... –titubeé.

–Vivo un poco más lejos –me aclaró–, pero aun así, prefiero ir sola.

Las pruebas iban apuntando cada vez más a una negativa, parecía que no había mucho más que hablar. Una cosa es darte un par de golpes contra un muro y otra abrirte la frente a cabezazos. Así que nos despedimos. Yo estaba esperando que fuésemos los dos en la misma dirección, para que se produjese esa situación tan absurda en la que te despides de alguien y sigues andando junto a él; pero no, ella tomó el camino contrario y yo me quedé observándola desde la parada. Sin ser plenamente consciente de lo que hacía, me puse a contar sus pasos: uno, dos, tres, cuatro, cinco, seis, siete, ocho, nueve, y al décimo, como si esa fuese la señal, grité:

–¡... ika! –sin saber si me iba a oír y si se iba a dar por aludida con esta media llamada.

Se volvió, como asustada. Me acerqué a ella.

–¿Qué? –dijo sin moverse.

–Espera –mientras caminaba, me fui quitando la mochila, y cuando llegué a su altura (nueve pasos) ya tenía un boli en una mano y un cuaderno abierto en la otra. Escribí mi nombre y mi número de teléfono móvil, arranqué la hoja y se la ofrecí–. Como no creo que me des tu número, te doy yo el mío. Necesitaré saber si sigues bien. ¿No serás capaz de no llamarme y dejarme con esa angustiosa incertidumbre para el resto de mi vida?

Ella trató de sonreír y cogió el papel. Sabía que ese intento de sonrisa no significaba nada, y que las posibilidades de que me llamase eran más bien escasas, pero por lo menos había hecho lo que debía: jugar todas las cartas. Antes de despedirnos, ya de verdad, le pregunté cómo se llamaba.

–Erika –respondió.

Erika. Akire. Ekari. Ikera. Rakie. Kiera... Hice todas las combinaciones posibles con las letras de su nombre mientras la veía alejarse. Mi sonrisa me delataba: me había vuelto a pillar, lo mío no tenía arreglo. Erika dobló una esquina y yo, aunque sabía que mi casa estaba hacia el otro lado, no pude desobedecer a mis pies, que me encaminaron tras ella.

7

El portal estaba en una plaza grande, peatonal y bastante concurrida: gente de acá para allá con bolsas, maletines, mochilas, coches de niños, teléfonos móviles, periódicos, bolsos, perros, carritos de la compra, carpetas, cascos de moto... Resultaba difícil encontrar a alguien que no llevara nada. En el centro de la plaza, rodeada por un muro bajo, había una zona ajardinada con bancos y pequeños caminos de arena por los que corrían y en los que se revolcaban algunos críos ante la mirada de sus padres, abuelos o niñeras. De vez en cuando, alguien entraba o salía de un aparcamiento subterráneo cuyas escaleras peatonales daban a la plaza. Henry pensó que era una suerte que el portal estuviese situado en un sitio como ese, pues cuanta más gente hubiese, más fácil resultaría pasar desapercibido. Además, había muchos bancos, e incluso un muro, para sentarse. Esa tarde, más que a vigilar, había salido a familiarizarse con la zona, a conocer las calles de alrededor y a abrir boca con las largas y aburridas esperas que le aguardaban. No se encontraba muy lejos de su casa, pero no había estado antes allí. El compañero que le precedió en la tarea (la había tenido que abandonar para dedicarse a otra más seria y urgente para la que Henry aún no estaba preparado) le había traspasado el informe con todo cuanto había logrado averiguar del objetivo. Lo que, sumado a lo que ya conocía la organización con anterioridad, no era poco.

El objetivo se llamaba Luz Celeste Yorí González, tenía treinta y cuatro años y también era colombiana. Había llegado ilegalmente desde Medellín (escala Bogotá) con sus dos hijas, a través de una mafia de inmigración con conexiones y negocios comunes con la de K. Antes de partir hacia España, las vistieron con ropa cara, las aleccionaron sobre lo que tenían que decir y cómo debían actuar ante los funcionarios policiales del puesto fronterizo para no levantar sospechas. Ya en el aeropuerto de El Dorado, momentos antes de salir, les facilitaron billetes de ida y vuelta, reservas hoteleras y una bolsa de viaje con ropa, dinero, cámara de fotos, etc. ¿Quién iba a sospechar que no eran turistas? A su llegada a Barajas, en la misma puerta donde se besaban parejas que volvían a encontrarse, donde padres extendían los brazos abiertos hacia los hijos largamente esperados, a Luz Celeste y a sus hijas las esperaba un desconocido. Les retiró los billetes de vuelta, las reservas, la bolsa de viaje, todo, y les recordó que no solo no tenían nada, sino que además debían a la organización una importante cantidad de euros. Hasta que Luz Celeste no calculó la deuda en pesos colombianos, no se dio cuenta de que había aumentado hasta casi duplicarse. Cuando preguntó que por qué, el desconocido les hizo un simple gesto que resumía sin palabras la cruda verdad: por la arbitraria voluntad de la organización. Así funciona eso, y ahí no valía lo de «lo tomas o lo dejas»: ya lo habían tomado, era tarde para dejarlo.

Al principio, la organización les alquiló una habitación en un piso cercano a la oficina norte por un precio desmesurado. Luz Celeste no paró de buscar trabajo, de poner carteles por todas partes, de ofrecerse a mujeres en el mercado, de llamar a todos los anuncios laborales. Tal fue su empeño y dedicación, que en dos semanas encontró uno de sirvienta en una casa por un sueldo miserable. Y claro, si a ese sueldo le quitabas el alquiler de la habitación y la deuda a pagar, mes a mes, lo que les quedaba a ella y a sus hijas era poco más que la propina de un tacaño. En la vida todo puede ir a mejor, es cierto, pero también a peor. La precaria situación se complicó cuando desde la organización le insinuaron, en alusión directa a su hija mayor, que había personas muy ricas dispuestas a pagar grandes sumas de dinero por acostarse con chicas jóvenes. Luz Celeste se negó de plano: antes muertas. Entonces la organización comenzó a presionar de una forma insoportable. Por el artículo trece, o sea, por sus santos testículos, el alquiler y la deuda subieron de un día para otro. Además, amenazaban con entregarlas a la policía para que las expulsasen del país. Les hacían la vida imposible, y la única solución que daban para que todo volviese a la miseria de antes (casi añorada) era que su hija accediese a trabajar en un prostíbulo. Así, además, saldarían la deuda mucho antes, ya que ganarían diez veces más que limpiando casas, y el trabajo sería diez veces menor. La expresión fue algo así como «están infinitamente mejor pagados los polvos que eche tu hija que los que limpies tú». Pero no, Luz Celeste había dejado Colombia para buscar algo mejor que ofrecerle a sus hijas, no eso. Así que aguantó la presión hasta que una noche, mientras la ciudad apuraba sus sueños, abandonaron la habitación. No volvió a la casa en la que servía, pues iba a ser el primer sitio donde la buscasen. Se marcharon a la otra punta de Madrid, al sur. Malvivieron una temporada en un centro de acogida para personas sin hogar hasta que, con su afán sin límites y sus mínimas pretensiones económicas, volvió a encontrar trabajo y otra habitación de alquiler. Pese a que era cara, no se acercaba ni de lejos a lo que pagaba por la otra.

Por debajo de la visera, Henry observaba el portal, situado a unos cincuenta metros. Habían pasado cientos de personas frente a sus ojos y le había parecido ver en bastantes ocasiones al hombre que mató. Le perseguía su fantasma; cada cierto tiempo, lo resucitaba y lo hacía aparecer reencarnado en cualquier hombre que tuviese algún mínimo rasgo en común con el fallecido. Intentaba centrarse exclusivamente en la vivienda, no mirar a otro sitio, pero bastaban unos segundos de despiste para invocarlo de nuevo.

En un momento dado, una chica llegó al portal. Henry entornó los ojos: era latinoamericana, no había duda, y por la edad, podría tratarse de la hija mayor, aunque era probable que viviesen más familias latinas en el edificio. Solo acompañaban al informe fotos de Luz Celeste, no de las hijas. La chica llamó al telefonillo. Mientras esperaba, se miró en el cristal de la puerta, sacó un pañuelo de papel de su pequeño bolso, se lo pasó por toda la cara y se apretó la coleta; acto seguido, respondió al interfono y empujó la puerta hacia dentro. Henry miró instintivamente a la ventana del cuarto piso que correspondía a la habitación que sabía que ocupaban; pero antes de transcurrir el tiempo necesario para que ella hubiese subido, tuvo que volver a mirar al portal. Un chaval se había detenido frente al mismo. No hacía nada, simplemente miraba la puerta, o eso dedujo Henry, ya que lo tenía de espaldas. Después de más o menos un minuto, el chaval dio media vuelta y se alejó. A Henry le pareció ver que sonreía.

Ya le habían avisado de que para la tarea de vigilancia, más que cualquier otra cualidad, hacía falta paciencia. A él le sobraba. Nunca había tenido prisa por llegar a ningún sitio, y se encontraba igual de cómodo en un banco que en su raquítica litera: no consideraba suyos ni el uno ni la otra. Aunque ese día su intención había sido limitarse a inspeccionar el terreno, decidió esperar allí hasta las ocho, que era la hora a la que, según el informe, Luz Celeste regresaba del trabajo. La conocía por fotos y por la descripción física: estatura, peso, fisonomía. Su cara era muy común, sin rasgos que escapasen a la uniformidad: podría habérsela cruzado años antes en Colombia o más recientemente en Madrid, incluso podían conocer a gente en común... Henry interrumpió ese tipo de pensamientos que lo único que hacían era acercarle a la víctima. Tenía que actuar como si el individuo a seguir fuese un objeto inanimado sin capacidad para pensar, sufrir o amar. Él quería actuar así, y así quería la organización que actuase. Jaramillo solía insistir mucho en ese punto: implicación emocional, cero.

La lenta marea de la noche empezaba a cubrir los tejados. Cada vez se veía menos gente en la plaza, aunque nunca llegaba a quedarse vacía. Una mujer menuda entró por una de las calles más cercanas al portal. Se acababan de encender las farolas de la plaza, y acompañaban a la mujer sus propias sombras; eran cuatro, y aunque todas salían de sus pies, cada una tomaba una dirección, una forma y una intensidad distintas. Era Luz Celeste. Henry tardó en reconocerla, pues llevaba una larga melena que le caía sobre la cara, dejando libres solo unos centímetros, a través de los cuales veía el mundo como si caminase por un desfiladero. En cierto modo, quizá era lo que le gustaría, caminar por un sitio estrecho en el que solo cupiese ella, sin gente, sin miedo, sin trescientos sesenta grados de amenazas. No sabía, aunque sí temía, que unos meses después de escapar, ya la tenían localizada. Creyó que cuanto más lejos huyese, mejor sería, y ese fue su error, pues lo que hizo fue ir acercándose a la oficina sur. Y así, como ocurren la mayoría de las cosas, es decir, por casualidad, alguien la reconoció y desde entonces había sido observada, seguida, vigilada muy de cerca. Cuando llegó al portal, ya tenía la llave en la mano y tardó medio suspiro en abrir la puerta y entrar. Henry observaba cómo ella, desde dentro, acompañaba con la mano el recorrido de la puerta hasta que se aseguró de que estuviese cerrada. Al igual que antes, cuando entró la posible hija, elevó la vista piso a piso hasta llegar a la ventana del cuarto. La persiana estaba subida, y la habitación, a oscuras. Esta vez, Henry dio unos pasos hacia atrás para cobijarse bajo unas ramas, intuyendo lo que iba a pasar. Se encendió la luz y al instante se dibujó, enmarcada en la ventana, la silueta de Luz Celeste, que miraba la plaza como si buscase algo o a alguien. Henry permaneció quieto, sabía que donde estaba era difícil que le viese. La silueta de Luz Celeste se movió hacia un lado y la persiana se cerró por completo, sin dejar ni un solo agujerito que permitiese asegurar que había luz tras ella.

Henry tomó el camino hacia su casa.

Tres manzanas antes de llegar, un coche aparcado unos metros por delante hizo *bip bip* y todos sus intermitentes se encendieron durante un segundo. Henry dio un pequeño respingo por el susto, lo que le hizo caer en la cuenta de que estaba más tenso de lo que pensaba. Sin embargo, el coche le resultaba familiar. Inmediatamente le adelantó el dueño, con la llave-mando a distancia en la mano. Era Roque. Henry lo reconoció enseguida, pero él no se había dado cuenta: parecía que iba con prisa.

–No sabía que balear diera para comprarse estos carros –le dijo a Roque cuando estaba a punto de cerrar la puerta.

–¡Coño, si es el colombianito! –dijo Roque, aliviado–. ¡Qué susto me has dado, tío! Digo: «Ya me han trincado». Me ha faltado esto para tirar de pistola. Oye, Henry, tengo prisa, pero... espera, ¿por qué no te vienes conmigo? He quedado con unas pibitas que ya verás. Puro fuego. ¿No te lo crees?

Henry se encogió de hombros. No tenía nada más interesante que hacer y no lo había visto desde hacía dos o tres semanas, así que rodeó el coche y se metió por la otra puerta. Si Henry era el silencio, Roque era el ruido. Le encantaba oírse a sí mismo, hablaba sin parar, como si su vida dependiese de no dejar de expulsar palabras. Le gustaba ir hecho un pincel, impecable y con la ropa más cara. Fue de las primeras personas a las que Henry conoció al llegar a España. Su primer encuentro había sido a puñetazo limpio, ninguno de los dos recordaba por qué, y desde entonces había robado con él sus primeros bolsos, móviles, carteras, se había cogido su primera borrachera, había disparado por primera vez una pistola... Les unían tantas cosas... Gracias a Roque, Henry descubrió que la calle era un lugar con más oportunidades que obligaciones. Fue Roque quien, después de haber alcanzado cierta confianza, le insinuó algo de la organización, y quien, días después, al verle receptivo, le presentó a Jaramillo.

Nunca habían llegado a ser lo que se dice amigos, pero habían logrado un aceptable grado de entendimiento.

El coche se lanzó calle arriba, desgastando ruedas. A Roque le gustaba correr, además de hablar.

–Ya me ha dicho Jaramillo que te has estrenado. Enhorabuena. Y pensar que hace dos días, como quien dice, te puse una pistola en la mano y casi se te caía porque te daba miedo sostenerla. Cómo cambian las cosas, ¿eh?

Quizá por ese conato de amistad, Henry se atrevió a confesarle que creía que lo iba a llevar mejor.

–No se lo cuente a Jaramillo, pero a veces me parece ver al señor. En la calle, en la tele, en cualquier sitio, y estoy seguro de que es él, así sepa que es imposible. ¿Eso es normal?

–Normalísimo. Yo, la primera vez que maté a uno, uf, lo pasé la hostia de mal. También es verdad que era más pequeño que tú ahora. Le miré a la cara y le disparé de puro susto. Tuve su expresión de terror presente varias noches. No podía dormir ni comer. Lo veía hasta reflejado en el plato, fíjate lo que te digo. Pero luego pasa el tiempo y uno se acostumbra a matar sin que eso le quite el sueño, créeme. Lo haces tantas veces, ves tantas caras que ni te acuerdas de la primera. Es igual que follar, Henry. Después de cepillarte a muchas tías, ¿qué más da quién fue la primera y qué cara tenía? La que importa es la próxima, siempre, en todo –y siguió hablando de lo bueno que era el trabajo en la organización, de la pasta que se podía sacar y de las puertas que ese dinero te abría.

Detuvo el coche en doble fila, en la misma entrada de un locutorio. Bajó la ventanilla, dio un silbido, hizo un gesto con el brazo y salieron tres chicas sonrientes, con piernas largas y faldas cortas, que se montaron directamente en el asiento de atrás.

–Hola, guapas, estáis espectaculares hasta un punto... –se detuvo, no encontraba la palabra, algo que para él podía ser horroroso– espectacular. Seguro que nadie os lo ha dicho todavía, ¿eh, nenas? –Roque se volvió hacia ellas, y luego, ya con el coche en marcha, señaló a Henry–. Tened cuidado con este colombianito. Es casi tan peligroso como yo, así que os gustará.

Las chicas sonrieron más aún y le preguntaron su nombre. Henry contestó y de paso aprovechó para mirarlas de reojo. Pensó que le daba lo mismo con cuál de las tres acostarse esa noche. Roque no paraba de hablar:

–¿Que no habéis estado nunca? Pues ya veréis qué pedazo discoteca. Otro mundo. Es la reina de las discotecas de Madrid. ¡Qué digo de Madrid, de toda España! Eso sí, cada copa te cuesta un huevo y medio, pero para qué está el dinero, ¿verdad, preciosas?

La cueva

8

Llegué a casa con la sensación de que no era un día cualquiera, y no por ser viernes, sino porque hacía veinticuatro horas que había conocido a Erika. Desde entonces, mi cabeza giraba en torno a ella... ¿o era ella la que giraba en torno a mi cabeza? Lo mismo me daba, que me daba lo mismo. Aunque su imagen se disolvió tras el cristal de su portal, no había dejado de acompañarme. Ese día, en clase, en lugar de la pizarra había estado divisando una parada de autobús. Sí, ya sé que alguien podrá decir que era muy pronto para estar así. Pero ¿quién mide eso?, ¿por qué es pronto?, ¿porque alguien lo diga? Si yo digo que no es pronto, ya estamos empatados, ¿quién tiene la razón, eh? Ahí te he pillado.

–¿Qué te pasa, Álber? –me dijo Culo; no me había enterado ni de que estaba en mi cuarto–. Ana dice que estás flotando.

–¿Que estoy flotando? –sonreí–. Tú imagínate que de buenas a primeras se acabase el colegio para siempre, que tuvieses todo el tiempo para jugar con los amigos y que lo que pidieses apareciese al instante: juegos, chuches... ¿Cómo estarías?

Mi hermano me miró extrañado.

–Estaría... no sé... Muy contento.

–Pues yo estoy así, pero a lo bestia. ¿Lo entiendes?

–No, pero... ¿jugamos a la consola?

–No, Culo, no. No quiero distraerme ahora con tonterías. Además, últimamente me ganas siempre, y ya me aburre.

Culo se marchó y le oí intentar convencer a Ana para que jugase con él, algo *virtualmente* imposible. Yo solo quería pensar en Erika. Que me dejase el mundo en paz. El destino había querido que le diese un ataque de pánico justo cuando yo estaba a su lado. Y eso quería decir algo. Las cosas no suceden y punto, todo tiene su explicación cósmica, ¿no? Y sus labios... esos sí que se escapaban al entendimiento. No es que recordase sus labios, es que los estaba saboreando. Mmmmm. Ella y yo. Erika y Alberto. Sonaban bien los dos nombres juntos; además, se podían enlazar: Erikalberto. Me encantaba ese estado de embriaguez, podía estar así horas, yendo y viniendo de ninguna parte.

Pero de pronto una duda se coló en mi idílico paisaje interior, desbaratándolo todo. ¿Y si no me llamaba? Intenté volver a mi paraíso soñado, al instante antes de que apareciese la duda, pero ya no era posible. Erika no me podía hacer eso, me tenía que llamar. Intentaba convencerme y no lo conseguía.

–¡Culo! –le llamé desesperadamente.

Mi hermano vino corriendo.

–¿Qué?

–Que he pensado que podemos jugar a la consola, si tanto te apetece.

No entendía nada (lógico, yo tampoco), pero se llevó una gran alegría.

Durante los primeros partidos, en los descansos y al final de cada uno, sacaba compulsivamente el móvil del bolsillo para ver si me había llamado y yo no había oído la melodía ni sentido el vibrador. Evidentemente, no. De todas formas, para estar más atento, decidí dejar el móvil fuera. Al principio pensaba que no se me estaban dando mal, pero al rato me di cuenta de lo que pasaba. El mamón de mi hermano se estaba dejando ganar. Debía de pensar que si no ganaba algunos partidos, no volvería a jugar con él. No era lógico que otros días, concentrado al cien por cien, le ganase como mucho dos partidos en toda una tarde, y que ese día, con un ojo en la pantalla y otro en el móvil, llevase cinco partidos ganados en poco más de una hora. Qué jodío, el Culo.

De pronto sonó el móvil. No lo cogí antes de soltar el mando de la consola porque para eso tendría que haber tenido tres manos. ¡Buah! Era un amigo. Me dijo que dónde me había metido, que habíamos quedado en el banco hacía un buen rato. Se me había olvidado por completo.

–Ahora voy, en cuanto termine unas cosillas. Si cambiáis de sitio, me mandáis un mensaje –me reí al colgar: les había dicho lo último con cierta ironía, más para reprocharles que no se moviesen de allí que por la posibilidad real de que lo fuesen a hacer.

Me arreglé lo imprescindible y salí de casa en dirección al centro comercial. Me di cuenta de que Erika suponía para mi cabeza lo que el protector de pantalla para mi ordenador: aparecía en cuanto me descuidaba. Lo bueno era que de momento estaba sorteando el angustioso tema de si me llamaría o no. Me centré en el ataque de pánico y en lo que había dicho el médico: que se producía cuando, después de sufrir un nivel de estrés muy superior al normal, estallabas. Sabía que no iba a sacar ninguna conclusión, pero no dejé de intentar averiguar qué situaciones te podían llevar a ese estado. Quizá yo tuviese una vida demasiado cómoda y normal para descubrirlo; mis momentos de mayor tensión eran las épocas de exámenes, las notas, alguna bronca de mis padres y cuando intentaba ligar con una chica, pero no creía que eso fuese suficiente para producirme tal ansiedad.

A lo lejos vi el banco, y a mis amigos encima. Sonreí: no podían estar en ningún otro sitio del mundo. No me habían visto todavía cuando noté que algo empezaba a revolverse en mi bolsillo. Me detuve en seco, al contrario que mi corazón, que empezó a bombear a toda velocidad. ¡Era el móvil! Desenfundé en menos tiempo que el mejor de los pistoleros de toda la historia del Oeste. Miré la pantalla: *Identidad oculta*, bien, más posibilidades todavía. Pulsé el botón y me llevé el aparato a la oreja.

–¿Sí? –contesté con los dientes apretados.

–¿Hablo con el chico que me atendió ayer en la parada?

Era ella. Su voz sonaba tímida, como si temiese equivocarse. Me dieron ganas de responder: «¡Síiiiii, lo sabía, lo sabía, sabía que ibas a llamar!», pero en el último instante me contuve y me limité a decir:

–Sí, soy yo.

–No sabía por quién preguntar, no me dijiste tu nombre.

Me encantaba la musicalidad de su voz.

–¡Qué fallo! Me llamo Alberto –dije alelado. Pero súbitamente, como si alguien hubiese chasqueado los dedos junto a mi oreja, desperté–. Pero antes de nada: ¿cómo estás?, ¿no te ha vuelto a dar otra vez?, ¿te has recuperado?

–De pronto parece que sí.

–Qué susto me diste, tía. Yo ahí, en la parada –me ahorré decir que a punto de entrarle–, empiezo a ver que te pones así... y sin saber qué hacer. Qué angustia, la verdad.

–Menos mal que apareció el médico apenas me dio el ataque.

–Eres una chica con suerte –le dije, con doble sentido, para ver si me incluía a mí en su suerte.

–Ojalá, pero no lo soy.

–¿Que no? –al final se lo tuve que explicar yo–. Vamos a ver, resulta que te da un ataque de pánico y no solo aparece un médico al instante, sino que además me conoces a mí. ¿Acaso cabe mayor suerte? –ella se rio al otro lado, y yo no necesité más para lanzarme–. Venga, que te vas a arruinar con el teléfono. ¿Qué vas a hacer ahora? ¿Quedamos?

–¿Ahorita? Bueno, pues yo... Es que...

No entendía sus dudas. No es que no entendiese que una chica dudase cuando le proponía una cita: eso querría decir que no había aprendido nada después de tanto chasco. Lo que no entendía era que su voz me transmitía la sensación de que quería quedar conmigo, pero no se atrevía a dar el paso.

–Te voy a buscar.

Después de otros titubeos, me dijo que esperase un momento. Me pareció oír que llamaba a su madre, pero con el ruido de la calle no conseguí escuchar bien la conversación que mantenían. Tardó al menos un par de minutos en volverse a poner y me dijo el nombre de la plaza, simplemente; ni el número del portal ni, mucho menos, el piso y la puerta. De fondo escuché, esta vez sí, porque debía de estar más cerca del teléfono, cómo su madre le pedía que tuviese cuidado. Calculé el tiempo que tardaría en llegar, lo dividí entre dos porque iba a ir escopetado y le dije la hora a la que estaría allí. Nos despedimos.

Devolví el móvil al bolsillo. Cuando me disponía a darme la vuelta para bordear el centro comercial y que no me viesen mis amigos, me di cuenta de que uno de ellos ya me había visto y me estaba saludando y haciéndome gestos para que fuera. No me quedaba otro remedio. Pese a la prisa que tenía, me acerqué hasta el banco.

–Hola y adiós. Me tengo que ir.

–¿Y eso? –me preguntó uno.

–He quedado con una amiga –les dije, aparentando no darle mayor importancia, aunque no pude evitar mirar de refilón a Marta, que no pareció muy afectada por mi revelación.

–Con una amiga, uh –saltó otro–. ¡Qué calladito te lo tenías, Alberulo!

Podría haberles dado algún detalle más, pero ni me apetecía ni tenía tiempo, así que abrevié y tomé el camino hacia su plaza. Hasta que no perdí de vista el banco, no me puse a correr.

A pesar de la interrupción, llegué un par de minutos antes y con la lengua fuera. Me acerqué a su portal, pero al momento me separé. Busqué el lugar más cercano para sentarme: un pequeño muro que separaba la zona ajardinada central del resto de la plaza. Por un instante, dudé si debería haberme sentado ahí o en otro sitio, pues Erika no sabía que conocía su portal. De cualquier manera, ya era tarde para cambiarme: Erika acababa de salir a la calle. La vi solo un instante, buscándome, y retiré la vista para que no sospechara nada.

–¿Alberto? –se me hicieron larguísimos los escasos segundos que tardó en reconocerme y llegar hasta mi posición.

–¡Ah, Erika! –me hice el sorprendido–. No sabía por dónde ibas a llegar.

Me levanté y le di dos besos, pero no fue simple roce de mejilla contra mejilla, sino estampado de labios contra mejilla.

–Vivo allá –señaló su portal.

–Lo he intuido, por eso me he sentado tan cerca; será que te huelo.

–Hemos quedado –dijo ella, como si aún estuviese sorprendida de que lo hubiésemos hecho

–Sí, y estoy muy contento –era la primera verdad que decía desde que había llegado.

Me costaba seguir la conversación, percibía más el movimiento de sus labios que las palabras que salían a través de ellos.

–Bueno, ¿vamos al Lío? –le propuse.

Ella se quedó mirándome, asombrada, y yo enseguida me di cuenta del involuntario juego de palabras.

–No, no pienses que... Por favor, que yo no soy de esos. El Lío es un bar de copas cercano que han abierto unos de mi barrio. Mis amigos no han querido ir nunca, dicen que allí son todos unos chulos, pero yo tengo ganas.

Accedió, pero me dijo que tenía que volver pronto y acompañada. Yo acepté todas sus condiciones, como si me hubiese pedido que anduviese a pata coja y con los ojos cerrados. Llegamos al bar en unos minutos. La palabra *lleno* se quedaba corta para explicar cómo estaba. Vi muchas caras que me sonaban del instituto, pero a ningún conocido. La barra parecía una muralla inexpugnable de espaldas, hombro contra hombro. Aproveché un mínimo hueco para meter la mano e intentar llamar la atención de la camarera, que estaba ocupada llenando una hilera de copas.

–¿Qué quieres tomar, Erika?

–Nada.

–¿Nada?

Negó con la cabeza mientras sonreía.

–¿No querrás ir a otro sitio? Que yo enseguida he dicho de venir aquí y...

Volvió a negar con la cabeza, así que cuando la camarera se dignó hacer caso a mi mano, le pedí solo para mí. Me volví con el vaso. Erika estaba mirando su móvil. La pantalla estaba encendida, pero no me dio tiempo a ver quién llamaba, pues apretó la tecla de colgar sin haber hablado. Solo esperaba que no fuese una de esas llamadas perdidas que se hacen para comunicar a la otra persona que estás pensando en ella, que la quieres, o cualquier otro mensaje personal e intransferible. Se lo guardó en el bolso sin decir nada y a mí no me quedó más remedio que respetar su silencio. Nos abrimos paso hasta que encontramos un poco de espacio entre la pared opuesta a la barra y la multitud. Pese al olor a sudor, los codazos y los pisotones, agradecía el mogollón: así Erika y yo teníamos que estar pegados. La miré y no supe qué decir; había tantas cosas que quería saber de ella que no pararía de hacer preguntas. La primera quizá fuese: «¿Qué haces aquí, conmigo?», pero no me pareció oportuna.

–No he podido grabar tu número de teléfono –dije al fin, decantándome por lo práctico–. Me ha aparecido oculto.

–No te enojes, pero por el momento prefiero que no lo tengas –me respondió, y cambió de tema bruscamente, como quien retira la mano del fuego–. No puedes imaginar ni remotamente lo que supone que me haya decidido a salir. Gracias, Alberto.

–Eres la primera chica que me da las gracias por salir con ella. Normalmente suelo ser yo el agradecido –bromeé, pero no se me escapó que cada frase de Erika era un nuevo enigma.

Hablamos de lo que llevábamos de vida (por cada diez cosas que le contaba yo de la mía, ella solo me daba alguna pincelada suelta de la suya) y de cómo querríamos vernos años más tarde (aquí ella me ganaba por goleada). Erika hablaba principalmente de un futuro lleno de tranquilidad y felicidad; lo repetía cada dos por tres, de formas distintas. No tenía que atar muchos cabos para deducir que en esos instantes no poseía ninguna de las dos. Yo le hablé de mi familia y, cuando llegué a Culo, me detuvo riéndose.

–Nooooo... ¿Se llama Culo tu hermano?

–No, claro que no, cómo se va a llamar Culo.

–¿Y por qué le dicen así?

–Solo se lo llamo yo, pero es por una tontería.

–Anda, cuéntamelo.

Me hice de rogar otro poco, pero sabía que sus deseos eran deseos también para mí, y no órdenes.

–Cuando nació mi hermano, yo todavía era pequeño. Y por lo visto, que yo ni me acuerdo, empecé a decir: «Mi hermana, Ana, y mi hermano, Ano». Tenía su lógica, ¿no? Herm-ana Ana y Herm-ano Ano. Y con el tiempo pasó de Ano a Culo. Simplemente. ¿Ves como era una chorrada?

–Una auténtica bobada, tenías razón. ¿Y a tu hermano no le da rabia?

–Al principio, sí, pero ya está más que acostumbrado. Eso sí, solo se lo puedo llamar en casa y si no hay amigos suyos delante. Entonces le llamo Eh o Tú o Psssst.

–Pobrecito.

–¡Anda ya!

Dejamos a Culo atrás (que es donde debe estar) y seguimos conociéndonos. Erika tenía quince años y sonreía muy a menudo. Sin embargo, bajo esa aparente jovialidad había siempre un sedimento de tristeza, de amargura o de algo que no era capaz de descifrar pero que se alejaba bastante de la alegría. Me estuvo explicando diferencias curiosas entre el español de España y el de Colombia: allí se usaban diminutivos mucho más a menudo que aquí; además, *polla* significaba *apuesta*, *cola* se le llamaba al *culo* (quizá fuese el momento de volver a cambiarle el mote a mi hermano...); allí no *hacían las maletas*, sino que *empacaban*; los *atascos* eran *trancones*; *vaina* y *carajo* eran palabras de significado impreciso muy usadas en Colombia y que aquí apenas se oían; *gonorrea* era uno de los peores insultos; *mamita*, una tía buena; la *w* se decía allí *dobleú*, en lugar de *uve doble*; el *deuvedé*, misteriosamente, se transformaba en *dividí*... Muchísimas cosas. Se notaba que se fijaba bastante en el lenguaje. Le encantaba leer, sobre todo poesía, y sobre todo de amor. Me hablaba de poetas que no había oído en mi vida y de algunos que me sonaban lejanamente de clase. De hecho, ni recordaba de quién era el libro que se le había caído en la parada. Me recitó algunos versos que le gustaban a los que yo no encontraba su aquel, y menos con el ruido de la música de fondo.

–A mí es que la poesía... ni fu ni fa –le expliqué, por no decirle lo que realmente pensaba: que me parecía un tostón, que era decir algo sencillo de forma enrevesada y usando las palabras más extrañas del diccionario.

Entonces, sorprendentemente, me pidió mi dirección. No sabía para qué la quería, pero no se lo pregunté. Llegué a duras penas a la barra y, tras una larga espera, la camarera se acercó a mí. Cuando le pedí un bolígrafo, me señaló con el dedo el resto de la barra, como dándome a entender que tenía mucho trabajo. Afortunadamente, detrás de su fría apariencia debía de haber algo más, pues cuando le dije, exagerando, que de ese boli dependía mi relación con una chica, negó con la cabeza, sonrió y me lo trajo. Le llevé la dirección escrita en una servilleta.

–Tendrás noticias mías, y a ver si sigues pensando lo mismo –me dijo con un brillo adorable en los ojos.

¿A ver si seguía pensando lo mismo...? ¿Se estaría refiriendo a la poesía? Lo dudaba. En ese punto, Aarónica, ese perverso personaje de ficción, acudió a mi mente. Se me estaba ocurriendo una idea... ¿No quería palabras bellas? Con suavidad, cogí su mano y le dije:

–Erika, ¿qué crees que somos tú y yo? –ella se encogió de hombros; menos mal que no me dijo que amigos–. Pues yo creo que somos... –hice como que rebuscaba palabras en mi mente, pero las tenía bastante frescas– dos personas que, arrastradas por el torbellino del azar, se han encontrado en la infinita soledad del mundo.

Era increíble el poder que tenían las palabras sobre Erika: incluso llegó a emocionarse. Parecía que la frase se le había clavado en lo más profundo. De hecho, diría que me miraba con ojos distintos, como si hubiese acabado de conocerme tras oír mis palabras usurpadas. Había sido un poco capullo, pero en el amor y en la guerra... ya se sabe. Estábamos tan cerca que nos respirábamos el uno al otro. Si dejaba pasar ese momento, podría arrepentirme el resto de mi vida, o como mínimo el resto de la noche, y no estaba dispuesto. Le cogí la otra mano y fui acercando lentamente mi cara a la suya, como mandan los cánones. Cuando una boca se acerca a otra más de cinco dedos, es casi imposible que no haya beso; es una misteriosa fuerza de gravedad. Rebasé la distancia de seguridad sin que ella hiciese ningún amago de apartarse. Cerré los ojos. Quería concentrar todos mis sentidos en el primer contacto con sus deliciosos labios.

9

Andrés se despertó, extrañado porque la alarma del nuevo teléfono móvil de su hermano no dejaba de sonar. En ese estado de confusión de quien ha sido arrancado del sueño a deshora, asomó la cabeza por un lado de la litera: Henry dormía en la de abajo y no daba muestras de despertarse. Tenía la boca abierta y un pequeño reguero de baba nacía en la comisura de sus labios y se precipitaba por su mejilla hasta desembocar en la almohada. En su pelo revuelto aún se notaba la ondulación provocada por la visera. Andrés miró el reloj: eran las seis y media de la mañana, a él todavía le quedaba una hora para levantarse. Desde que llegaran a Madrid, su hermano nunca se había tenido que levantar antes que él. El sonido agudo de la alarma le empezaba a molestar. Olía raro en la habitación: una mezcla de alcohol y tabaco.

–Henry –le llamó desde arriba, sin obtener respuesta.

La misma postura, la misma frecuencia respiratoria... Andrés recordó que la noche anterior, cuando se acostó, Henry todavía no había llegado a casa. El pitido del móvil estaba a punto de desquiciarle.

–¡Henry! –gritó, pero no con todas sus fuerzas, pues no quería despertar a sus compañeros de piso.

Finalmente, descolgó la mano y le dio un pequeño cachete a su hermano, que se despertó súbitamente.

–¿Qué hora es? –preguntó sin saber a quién.

–Son las seis y media –respondió Andrés en tono de reproche.

Andrés vio cómo su hermano se incorporaba con mucho esfuerzo. Parecía cansado. Últimamente, no le cuadraban demasiadas cosas.

–¿A qué horas se fue a dormir, Henry? –le preguntó.

–Hace una hora y media, más o menos.

–¿Dónde estuvo?

Henry entrecerró los ojos. Le cegaba incluso la escasa luz de un amanecer apenas intuido.

–Por ahí, con Roque y unas mamitas.

–Y se cogió una buena borrachera, ¿no?

–No estuvo mal.

–Y ahora, ¿dónde va tan temprano?

–¿Y usted quién es, la policía? –le dijo con severidad.

–Soy su hermano –sentenció Andrés, se dio media vuelta y cerró los ojos, aunque sabía que ya no conseguiría dormirse.

Las bisagras chirriaron, y cuando la puerta se terminó de cerrar, Henry ya estaba entrando en la cocina. Lo único que tomó para desayunar fueron tres vasos de agua seguidos. Estaba todavía borracho, o quizá en el devastador punto en que la borrachera empieza a confundirse con eso que él conocía como guayabo, que no era otra cosa que la resaca. Le dolía la cabeza y, aunque se dio una ducha bien caliente, no se quitó un extraño frío. Como si, pese a estar en casa, su cuerpo hubiese dormido a la intemperie. Volvió al cuarto a vestirse. Andrés no abrió los ojos y, aunque le costó, se tragó las palabras que querría haberle dicho.

Cuando Henry salió a la calle, la ciudad parecía otra. Percibía un zumbido subterráneo, pero no podía precisar si venía de fuera o de dentro de él. Solo algunos coches llevaban las luces encendidas, no era de noche ni de día, no había sol ni luna. Los párpados le pesaban kilos y, como no se había secado el pelo, la visera se estaba empapando. Recorría las calles con un andar algo descoordinado. Imaginaba que detrás de cada ventana había una confortable cama con alguien arrebujado bajo un cálido edredón, y eso le hacía temblar de odio. En la plaza, lo único abierto era un quiosco y un bar; la gente cruzaba con cara de madrugadora resignación. Esta vez, Henry decidió apostarse al otro lado de la plaza, en un punto desde el que, sin ser visto, podía distinguir el portal entre los troncos de los árboles. No tuvo que esperar mucho –«Luz Celeste es puntual como un reloj», le había advertido su predecesor–, y a las siete y veinte la vio salir a la calle, agarrada a su bolso. Para tener unas piernas tan cortas, caminaba bastante deprisa. Henry no tuvo necesidad de seguirla de cerca: sabía el trayecto que iba a efectuar. Luz Celeste callejeó durante diez minutos hasta llegar a una de las urbanizaciones privadas más caras del barrio, compuesta por tres bloques, jardines, zonas de recreo, una pista de tenis y una piscina a la espera del calor; todo rodeado y bien protegido por un muro alto de ladrillo. Desde la garita que había junto a la puerta exterior, el vigilante la saludó con una sonrisa y luego se volvió a quedar mirando a la nada.

Los primeros rayos del sol arañaron los ojos de Henry, que no hizo ni intención de acercarse. Sabía que en cuarenta y cinco minutos Luz Celeste estaría saliendo por donde había entrado para llevar a los tres niños de la familia a la guardería; que volvería a la urbanización y que, como mucho, saldría por la mañana otra vez al supermercado más cercano para hacer la compra de la casa; sabía que a las dos menos cuarto iría a recoger a los críos, que volvería con ellos y que permanecería dentro toda la tarde hasta completar las doce horas de su jornada laboral. Cuando las farolas estuviesen a punto de encenderse, regresaría a su casa, sin permitirse ninguna licencia ni entretenimiento, a paso ligero y desconfiado. Sabía tanto que apenas encontraba alicientes a la vigilancia, y menos ese día, aunque fuese prácticamente el primero, pues no tenía ni cuerpo ni horas de sueño suficientes. Qué podía aportar a ese seguimiento tan puntillosamente realizado por quien le había cedido los trastos, qué nuevos datos esperaban de él, si prácticamente los tenían todos y no parecía haber lugar para la sorpresa.

A última hora de la mañana, cuando ya no sabía si prestar más atención a la pesadez de su cabeza o al revoltijo de su estómago, le llamó Jaramillo, una llamada rutinaria. Henry aprovechó para tratar de explicarle lo que pensaba, pero enseguida Jaramillo le cortó:

–¿Dónde nos vemos?

Henry se dio cuenta de su escasa lucidez. Una de las consignas que le había dado Jaramillo era la de no decir nada comprometedor por teléfono, y había estado a punto de hacerlo. Solo podían tener conversaciones intrascendentes.

–¿En La Cueva de Morgan?

–Okey.

Se citaron a una hora a la que ya habría terminado el trabajo de ese día, y Luz Celeste ya estaría recluida en su casa.

La tarde parecía no tener fin; el tiempo, más que pasar, se arrastraba, como si cada segundo tuviese que tirar del siguiente. Finalmente, a la hora prevista, Luz Celeste salió de la urbanización, se despidió del vigilante y aceleró el paso. Unas manzanas antes de llegar, sin saber muy bien por qué, Henry decidió dar un rodeo para ver llegar a Luz Celeste desde la plaza. Bordeó las manzanas casi corriendo, pero como la distancia más corta entre dos puntos (relatividades aparte) seguía siendo la línea recta y como el paso de Luz Celeste no decayó, ambos entraron casi a la vez en la plaza, por calles distintas: ella, resuelta; él, jadeando. Cada vez veía el portal desde un ángulo diferente, distintas tomas de una misma rutina. Las farolas se encendieron y nacieron las sombras a los pies de Luz Celeste. No le hizo falta mirar el reloj para saber la hora. Le sobraba un rato para sentarse y reponerse del absurdo esfuerzo. Aunque no esperase nada, lo hizo en dirección al edificio de Luz Celeste, uno nunca sabía...

Un rato más tarde, con la cabeza algo más despejada, se levantó para encaminarse hacia La Cueva de Morgan. Dio un par de pasos, pero se detuvo. Un chico acababa de detenerse frente al portal. Lo reconoció sin dudar: era el mismo que el día anterior, después de que hubo entrado la que podía ser la hija mayor de Luz Celeste, había hecho exactamente lo mismo. Esta vez, sin embargo, en vez de quedarse de pie y luego marcharse, se dirigió al muro y se sentó a esperar. La curiosidad venció a Henry, que comenzó a estudiar cuál era el banco más cercano y a la vez más discreto. Tenía que decidir entre ver y no escuchar, o escuchar y no ver. Optó por lo segundo: un banco que se encontraba a un metro escaso del muro, prácticamente camuflado tras un frondoso arbusto.

En cuestión de minutos, llegó una chica. Había habido suerte: se oía la conversación casi como si formase parte de ella. Henry extrajo varias conclusiones: que él era español y ella colombiana, que no se conocían mucho, que él se llamaba Alberto y, lo más importante, que ella se llamaba Erika y era, por lo tanto, la hija de Luz Celeste. Algo que, aunque ya no le hiciese falta, vio corroborado cuando ella insistió en volver muy pronto y acompañada. Él le propuso ir a un bar que Henry, al igual que Erika, no conocía. Ella accedió. Cada vez oía sus voces más lejos, hasta que se perdieron. Henry se asomó por un lado del arbusto y vio que tomaban la misma calle que iba a tomar él para ir a La Cueva de Morgan, así que los siguió. Los observaba caminar, de lejos. Ella llevaba un pequeño bolso de tela a la altura de su cadera, colgado en bandolera de una larga correa. No iban agarrados, ni siquiera de la mano: solo serían amigos. Alberto hablaba mucho, Erika parecía que no tanto, o al menos gesticulaba menos al hacerlo. Parecía una conversación agradable, distendida, pero solo hasta cierto punto, pues ella de vez en cuando giraba la cabeza como por instinto. Henry tenía que andar con cuidado. Era muy posible que Erika no supiese en qué situación estaban actualmente ellas (con la organización pisándoles los talones), pero no cabía duda de que algo podía olerse; si no, no estaría tan alerta. Un poco más adelante, se desviaron. Henry los siguió por calles desconocidas hasta que llegaron a un local que se llamaba El Lío. Los cristales a medio empañar dejaban entrever un mar de cabezas oscuro y vivo, el mar por el que se dejó tragar la pareja. Henry miró el reloj: pasaban varios minutos de la hora a la que había quedado con Jaramillo, así que se dio media vuelta. Podría seguirlos en otra ocasión.

Llegó un poco apurado a La Cueva de Morgan. Esta vez fue directo a la barra del fondo, donde efectivamente estaba Jaramillo, charlando con el camarero. No pareció molestarle el retraso.

–El muchachito de la visera –le dijo como recibimiento.

–¿Qué tal?

–Yo bien. ¿Y usted? De pronto lo vi con ganas de hablar, y como eso es una novedad... Pero antes de nada, ¿qué se toma, otro Viejo de Caldas?

Pese a que el cuerpo le pedía agua a raudales, Henry asintió con la cabeza. No quería revelar ningún indicio de debilidad. Jaramillo levantó la cabeza, dándole pie para que empezase a hablar.

–Es solo que no deberíamos demorarnos con las amenazas. La rutina de Luz Celeste está perfectamente estudiada y no hay indicios de cambio. Creo que es una pérdida de tiempo continuar con lo que ya remató el que se desempeñó antes que yo. Por no hablar del riesgo innecesario de ser descubierto.

Jaramillo lo escuchaba atentamente, algo que no solía hacer con la mayoría. Con gran sorpresa, reconoció en el chico cierta iniciativa que, bien conducida, lo podía llevar muy lejos.

–Si así lo cree, amén, hermano. Ya sabe que los amenazados difícilmente van a ir a la policía a denunciar, lo cual facilita mucho las cosas, pero aun así le pido que extreme las precauciones y que recuerde toditas las explicaciones y consejos que yo le di. Si quiere que le refresque algo...

–No, ya he pensado varias formas.

–Mientras vigila le da tiempo a recapacitar, ¿no es así? –Jaramillo se rio–. Hace bien en centrar sus pensamientos en el trabajo, es algo bueno para la organización, y lo que es bueno para la organización es bueno para usted. Es muy fácil despistarse cuando uno se pasa horas sin hacer nada, pero hay que hacerse dueño hasta de los pensamientos más inocentes; control, control, no es más que eso.

Con la copa a medias, Henry se disculpó porque tenía que irse. Adujo que había quedado con su hermano. No era verdad, pero el peso del día, casi empalmado con el anterior, le había caído encima. Ya tenía lo que quería, la aprobación de Jaramillo para dar un paso más en su labor. Insistió para que se quedara un rato más, aunque solo fuese hasta terminar la copa, pero la visera de Henry se movía continuamente de un lado a otro, negando.

Al ir a salir de La Cueva de Morgan, cerca de la puerta, su hombro chocó con un tipo. Levantó la cabeza y no pudo abrir más los ojos cuando se dio cuenta de que era el hombre al que había asesinado. «¡Que no, joder!, que este es mucho más joven y no se parece en nada. Control, control», pensó.

10

«... El objeto, llamado Sedna, es el lugar más frío y más lejano conocido en el Sistema Solar. Su órbita elíptica no es parecida a nada observado anteriormente por los astrónomos. 2076 será el año en el que Sedna esté más cerca de la Tierra, y después volverá a alejarse para describir una órbita de 11.400 años. Pero aun en su máximo acercamiento, estará mucho más lejos que Neptuno. La última vez que Sedna pasó tan cerca del Sol, la Tierra acababa de salir de la última glaciación; la próxima vez que regrese, el mundo será un lugar completamente diferente».

Apagué la tele. Yo había dejado atrás Sedna esta mañana y ya estaba en los límites del universo conocido. A ver si me daba tiempo a regresar para la cita con Erika.

El tiempo está empeñado en llevarnos la contraria: cuando estás aburrido, nervioso o esperando algo, se alarga como si no quisiese avanzar; sin embargo, cuando estás saboreando un momento irrepetible, aprieta el acelerador y no hay quien pueda frenarlo. El día anterior, por ejemplo, debí pasar unas dos horas junto a ella... pues habría jurado que existían parpadeos que duraban más. En cambio, este día me había levantado a las once y cuarto, y ya eran las siete menos cuarto: total, seis horas y media, y parecía que llevase un mes esperando. Y luego, cuando volviese a encontrarme con ella, seguro que el tiempo se volvía a acelerar, y otro parpadeo. Quizá por eso llevábamos tres días seguidos viéndonos, porque se nos hacía corto.

Llegó un punto en que no pude esperar más: me aburrían la tele, mis padres, Ana, Culo, mi cuarto, mi casa... Me aburría mi vida sin ella, y aunque sabía que todavía era pronto, salí a la calle. Mi camino hasta su plaza estuvo lleno de aceleraciones involuntarias y de frenazos conscientes. No había necesidad de correr, pero mis piernas no opinaban lo mismo. Llegué unos veinticinco minutos antes de la hora y me senté en el mismo muro, pero, como si estuviese ardiendo, me levanté de golpe. No, no iba a ser capaz de aguantar tanto tiempo tan cerca de ella y sin verla. La paciencia era una virtud que adornaría a otros, así que me acerqué al portal. Justo en ese momento, salía un vecino del inmueble.

–Disculpe, ¿sabría usted decirme en qué piso vive Erika, una chica colombiana de quince años? –le pregunté.

–Ni idea –me respondió con desprecio y sin detenerse, y de propina me lanzó una mirada entreverada de asco, odio, miedo... Quizá la repugnancia que le causaban los sudamericanos se ramificaba a quienes preguntábamos por ellos, que estaríamos también contaminados.

Aproveché que la puerta no se había cerrado aún y que el *afable* vecino no miró hacia atrás, para colarme a mirar los buzones. Su nombre no figuraba en ninguno, pero había varios papelitos con muchos nombres apretujados. Entre esos, me fijé en aquellos que tenían alguno que no fuese común para un español: Walter, Adalberto (este se parecía al mío), Nidia Nancy, Edwin... Dos pisos eran los candidatos: el 4º D y el 2º C. Volví a salir a la calle y llamé por el telefonillo al primero de ellos.

–¿Quién es? –preguntó un hombre con voz de pito.

–Buenas tardes, ¿está Erika?

–¿Erika?

Iba a responder que sí, pero escuché el sonido del aparato golpeándose con la pared y la voz de quien me había atendido, muy de fondo: «¡Erika, preguntan por vos!». No conseguí oír nada más hasta que el mismo hombre volvió a ponerse.

–¿De parte de quién?

–Soy Alberto, un amigo.

–Suba –me dijo sin más.

El bloque no tenía ascensor, así que me tocó subir andando. Llegué al cuarto piso y las cuatro puertas estaban cerradas. Solo venían identificadas las letras A y C, así que tras un mínimo ejercicio de lógica psicotécnica, llamé a su puerta. Me recibió con un saludo el mismo tipo del telefonillo. Pocas veces se corresponde la imagen que te haces de alguien por su voz con la realidad. La voz de pito resultó salir de un cuerpo fuerte de no menos de metro noventa. ¿Sería su padre?

–Aguarde en el salón, se puede sentar ahí –me indicó el sofá, y se fue a la cocina; tenía un acento sudamericano que no supe identificar, pero que me parecía distinto al de Erika.

Me senté en el sofá del salón. En esa casa tenía que vivir mucha gente: había cargadores sin móvil en cada enchufe y un tendedero interior para colgar la ropa que no cabía en la terraza; sobre la mesita, desperdigados, varias revistas y periódicos. Predominaban los de anuncios clasificados; el más reciente estaba abierto y tenía algunas ofertas de trabajo rodeadas con un rotulador. Justo cuando me incorporaba para coger uno de los periódicos, oí hablar a Erika, al otro lado de la pared. No distinguí sus palabras, pero sí la vibración de voz. La impaciencia, como cuando me había sentado en el muro de abajo, me volvió a vencer. Me levanté y caminé hacia el pasillo. Sabía que no era de buena educación aparecer allí, sobre todo cuando me habían dicho que esperase en el salón, pero su voz sonaba tan cerca... Anduve despacio y, antes de llegar a la puerta donde intuía que se encontraba Erika, pregunté por ella, como si acabase de entrar furtivamente a la casa. Me dijo que adelante, asomé la cabeza por el marco de la puerta y por poco me desmayo.

Era el cuarto de baño; estaba lleno de cosas, al igual que el resto de la casa, y ella se encontraba sentada en un taburete. Había mechones de pelo cortos y húmedos por el suelo: le debían de haber recortado las puntas. Una mujer, en la que se adivinaban rasgos de Erika, le cepillaba el pelo lenta y suavemente, desde la coronilla hasta la última punta, una y otra vez. Nunca la había visto con el pelo suelto. Me había hecho a la idea de que Erika venía con coleta de serie, y verla de golpe con esa melena negra y brillante me dejó flipado.

–Mi mamá me está dejando linda –me dijo la que para mí, en esos instantes, era la chica más bella desde el comienzo hasta el final de los tiempos.

–Pues lo ha conseguido, de verdad que sí –acerté a decir.

Me presentó a su madre: Luz Celeste. Le di dos besos y le intenté transmitir telepáticamente mi agradecimiento por haber tenido a Erika, por haber viajado a España, por haberse instalado en mi barrio y por estar dejándola tan «linda». Erika me preguntó que cómo había dado con el piso y le dije que al azar; luego le comentó algo a su madre sobre lo bien que la iba a cuidar, pero no lo terminé de captar. Mi mente se iba hipnotizando con cada pasada del cepillo, dulce, suave, esmerada, delicada, una y otra vez, una y otra vez... La veía hablar, mover sus labios, pero solo escuchaba, o imaginaba, el sonido de las púas deslizándose entre sus cabellos. Mi piel se erizaba y mis manos se estremecían, quizá soñaban con ser cepillo.

La que debía de ser su hermana pequeña, Claudia, apareció en el pasillo con una sonrisa y, al darse cuenta de que me había girado para observarla, volvió a esconderse en la habitación: tímida ella. Erika se puso a recoger las tijeras, el peine, el cepillo, pero su madre no le dejó.

–Ya váyanse y tengan cuidado.

Luego añadió que volviésemos pronto y repitió que tuviésemos cuidado; que «la pasásemos bien» y que tuviésemos cuidado. Cómo se sobraba con lo del cuidado, ni que estuviésemos en guerra. Se despidió de nosotros con un cariño y una intensidad fuera de lo normal, al menos en mi familia. En el salón había una pareja: el que me había abierto la puerta y otra mujer. Nos despedimos también de ellos, aunque de una forma más fría.

–Tres de tres –le dije a Erika cuando salimos a la calle, creyendo que no lo iba a pillar.

–Y por mí, mañana, cuatro de cuatro; pasado, cinco de cinco... –me dijo en un tono como de aventura o gamberrada sin importancia; lo había pillado a la primera.

–Y por mí, cincuenta mil de cincuenta mil, y un millón de un millón –rematé yo, con ese absurdo orgullo infantil de querer ser siempre el que más, cuando en realidad los dos habíamos querido decir lo mismo.

La miré y pensé que las chicas se dividían en dos grupos: uno formado solo por Erika, y otro, por el resto. Me reí de todas las veces que había creído estar enamorado. Como no había tenido antes un sentimiento tan fuerte con el que comparar, a la mínima me había visto loco, perdido, derretido entero.

–¿Será que ya tienes pensado dónde vamos? –me hacían gracia muchas expresiones de Erika, su seseo, el ritmo de sus frases...

–Será, será. Ayer, cuando volvía a mi casa, después de acompañarte, me acordé de un local del barrio. Se llama La Cueva de Morgan y me han contado que está muy bien decorado. Yo no había ido porque por lo visto ponen a ratos salsa y esas cosas, pero desde que me dijiste que te gustaba esa música, me he propuesto que a mí también me guste.

–Pero si no te gusta, ¿cómo lo vas a conseguir?

Buena pregunta, que merecía una buena respuesta que ya tenía preparada:

–Muy fácil: asociándola a ti. Y eso no es todo: como te gusta la poesía, me he aprendido un poema de amor para ti. Escucha –me estiré, puse cara seria y declamé despacio–: «Te quiero mucho, como la trucha al trucho».

Erika se partió, lo cual era una señal inmejorable, pues semejante tontería apenas merecía media sonrisa. A continuación, los mejores labios que veré jamás me regalaron un beso. De camino le conté que llevaba flotando desde hacía tres días, que los minutos sin ella duraban horas, y que con ella, milésimas de segundo.

–Ahora sé lo que es un flechazo y por qué le han puesto ese nombre tan doloroso. Sí, Erika, no me mires así. Doloroso. Es que tenemos asumido que un flechazo es, no sé, algo bonito... Y sí, en gran parte es así, pero también hay dolor. Es algo que antes de que puedas darte cuenta ya te ha atravesado. Y yo estoy atravesado por ti; acabo de verte y ya me duele la despedida que tendremos, el tiempo que no estaremos juntos.

Erika me miraba, entre sorprendida y extrañada. Para ser sinceros, yo tampoco sabía muy bien lo que estaba diciendo, me había liado un poco al hablar.

–A ver si al final vas a tener alma de poeta...

–¡No jodas! –exclamé, y moví los brazos como si apartase un mal invisible.

Erika contrajo su gesto y la sombra que vivía en el fondo de sus ojos saltó a primera línea.

–A mí me duelen tantas cosas, que si me detuviese a pensarlas no podría estar ahora mismo acá, riéndome contigo.

Ese tipo de frases eran las que me chafaban, las que me herían. ¿Cómo podía estar así? ¿No decían que si tienes amor, lo demás daba igual? A ver si eso no iba a ser más que una absurda idea romántica. Yo, en esos momentos junto a ella, no tenía preocupaciones... Bueno, aunque es verdad que tampoco las había tenido antes. Quizá existiesen dolores que ni el más fuerte de los amores pudiese mitigar. Erika tiraba la piedra y escondía la mano; parecía querer decirme algo, pero al final nunca se atrevía, se quedaba a medias, y así iba esparciendo semillas de incertidumbre en mi cabeza. Me moría de ganas de preguntarle por todas esas cosas que no le dejaban disfrutar la plenitud del momento, pero el eco de sus últimas palabras no se apagaba. Tenía miedo de remover algo inadecuado, desconocido, oscuro, de que por culpa de mis palabras aumentase esa ansiedad que subterráneamente la devoraba.

–Lo siento, no sé por qué he sacado el tema del flechazo. No debía haber llamado dolor a lo que no es más que una chorrada mía. Para compensar, voy a adivinarte el pensamiento, fíjate –intenté volver a los chistes malos:

extendí la mano abierta hacia su cara, como si fuese una parabólica, y la moví en círculos mientras emitía un mmmm con la boca cerrada–. No digas nada, estoy a punto de adivinarlo. Mmmmmm. ¡Ya está! Sé exactamente lo que estás pensando –me acerqué a ella y le planté un beso en los labios–. Era esto, ¿no?

–¿Cómo lo hiciste? –exclamó con fingida sorpresa.

–Ya ves. Tengo ese poder. Adivino los pensamientos de la gente. Lo que mejor se me da es adivinar los míos propios; mira, lo voy a intentar –hice como que me concentraba y dirigí la parabólica de mis manos hacia mi frente–: «Estoy completamente enamorado, no quiero que esto termine nunca». ¡He acertado, justo estaba pensando eso!

Sabía que no había sido llamado por el camino del humor, y de hecho no solía prodigarme mucho en chistes, pero con ella era distinto: me hacía sentirme hasta gracioso, me hacía sentirme mejor de lo que era en todos los aspectos.

–Qué casualidad, yo estaba pensando lo mismito que tú.

Ese tipo de frases eran las que curaban mis heridas.

Llegamos al local en cuestión. Atravesar su puerta era como cruzar el charco: la mayoría de la gente era sudamericana, como la música que sonaba en esos instantes. A Erika se le iban las caderas con el ritmo y su espléndida melena flotaba intentando seguir a su cabeza. Yo era lo más parecido a una viga en torno a la cual bailaba ella.

–¿Puedes creer que cuando salí de Colombia no me gustaba esta música?

–Claro, si yo estuviese fuera de España, seguro que me acababan gustando hasta los pasodobles.

Ese son pedía a gritos ser bailado, pero es que el baile y mi cuerpo hacía tiempo que se habían declarado la guerra. Intenté unos meneos, pero me detuve avergonzado y me limité a seguir a Erika con movimientos de cabeza, arriba y abajo, como si solo tuviese ritmo del cuello hacia arriba. Cuando le pregunté qué quería tomar, me respondió, como en El Lío, que nada.

–¿Nunca tomas nada?

–No.

–¿Pero porque no te apetece o...?

–Al principio me apetecía y no tenía platica; y ahora sigo sin tenerla, pero ya no me dan ganas, pues como que me he acostumbrado. En eso salí ganando. ¿No dicen que no es más rico el que más tiene sino el que menos necesita?

No podía quitarle la razón, pero yo fui a pedir algo. Aproveché para recorrer el local; los dueños se habían dejado una pasta en decoración: figuras de mascarones de proa, banderas con tibias y calaveras, estalactitas, cofres rebosantes de tesoros, corales de mil colores y formas, un timón, ojos de buey por las paredes... Pero lo que realmente buscaba era un lugar tranquilo y cómodo para sentarnos cuando Erika se cansase. Pedí en una de las barras, me acerqué a ella de nuevo y mi cabeza volvió a bailar; hasta que ella me rodeó con sus brazos y me convertí en su muñeco, en su criatura. Todo era más maravilloso que lo más maravilloso que hubiese podido imaginar. Cuando quisimos darnos cuenta, la música había cambiado. Debió de ser un cambio gradual, porque nosotros seguimos bailando salsa, merengue, vallenato, o lo que fuese aquello, cuando ya ni siquiera sonaba. Yo creía que mantenían esa música casi toda la noche, pero irían alternando estilos. *Eh, tú, no sabes que te están esperando, eh, tú desde otro lado están observando. Eh, tú, un coche silencioso y oscuro, eh, tú, te sigue allá donde tú vas,* decía la canción que comenzó a sonar, y Erika se quedó escuchándola como embelesada. *Búscate un sitio donde un disco suene fuerte y no puedas hablar, desde el principio esa gente tan extraña, te hicieron dudar. Un juego sucio.* Le dije que me siguiera: ya tenía localizado un sitio donde sentarnos. No era exactamente un oasis de tranquilidad, pero sí un huequecillo majo para la cantidad de gente que había. *Eh, tú, la luz que se proyecta en el techo, eh, tú, la sombra de un extraño objeto. Eh, tú, agarra con tus manos el tiempo. Eh, tú, haz la maleta y vete ya...*

Le tiré de la lengua con el único fin de ver sus labios en movimiento, y a la tercera o cuarta frase, no pude reprimirme más y me lancé a devorar sus palabras.

11

Ni siquiera había puesto el despertador: necesitaba descansar todas las horas que el día anterior le había arrebatado al sueño. Se levantó a media mañana, cuando su cuerpo se hartó de dormir. No le preocupaba la hora (según el informe, Luz Celeste no abandonaba su casa ningún sábado, y ese no tenía por qué ser diferente), pero se prometió a sí mismo no volver a descuidar el trabajo. Llegó a la plaza a la hora en que la gente salía a tomar el aperitivo y, por mimetismo, se metió en un bar. Aunque no había desayunado aún, pensó que sería mejor comer directamente. Escogió una mesa pegada al ventanal, para no perder de vista el portal de Luz Celeste.

Llevaba casi dos horas sentado con la digestión a medio hacer. Los camareros deambulaban nerviosos en torno a él, bien porque querrían que dejase libre la mesa para los siguientes comensales o bien por temor a que no fuese a pagar. Pero Henry no se daba por aludido: su mirada y su mente estaban fuera del bar, yendo y viniendo con la gente que pasaba, entre el tumulto de una plaza en movimiento. El portal estaba al fondo; de vez en cuando entraba o salía alguien, pero siempre se trataba de falsas alarmas, como las que saltaban cuando creía ver a su fantasma particular. Uno de los camareros, de una edad similar a la suya, se acercó para rogarle que, si no le suponía mucha molestia, dejara libre la mesa. Henry le pidió una cerveza sin levantar la visera para mirarle. El camarero tardó en reaccionar, y no perdió la educación al hacerlo:

–Una cerveza, cómo no, pero si fuese usted tan amable de tomarla en la barra. Es que...

Quizá en otro momento y en otro lugar la hubiese liado, pero ahora estaba en la plaza de Luz Celeste, trabajando. Tenía que ser lo más discreto posible, no llamar la atención; así que se levantó y le indicó que no le sirviera la cerveza.

–Cóbrese la comida –le dijo al camarero, tendiendo un billete.

Salió a la calle. Escogió esta vez un banco de la plaza desde el que no lo viesen los del bar, más que por temor, por pura precaución, para que olvidasen su rostro cuanto antes. Se sentó, dispuesto a esperar, y a esperar... y a esperar. Lo más probable era que no pasase nada fuera de lo común, pero al menos ese día tenía mucho mejor cuerpo que el anterior, así que lo podría aguantar.

Un pequeño despiste, nada, segundos, pero cuando volvió a mirar al portal, la puerta se estaba cerrando y solo pudo entrever la espalda de alguien que acababa de entrar. Eran las siete y media pasadas. Sería otro vecino, trataba de pensar sin suerte, pues su cabeza ya andaba sacando deducciones endeblemente basadas en esa fugaz visión. Si se trataba de Alberto, el amigo de Erika, la evolución de su relación sería espectacular. En tres días habría pasado de llegar al portal y darse media vuelta, a subir a su casa. Aunque le hubiese parecido un chico, quizá no fuese él; de hecho, lo más probable era que no lo fuese. Aunque también cabía la posibilidad de que hubiesen quedado en su casa porque ella tuviese miedo a salir. Cuando, minutos más tarde, Erika (pelo suelto) y Alberto salieron del portal, todas las conjeturas y suposiciones se quedaron atrás. Henry miró hacia la ventana del cuarto piso de reojo, entre las ramas de los árboles.

La silueta silenciosa de Luz Celeste recordaba (si es que alguien tiene memoria de ello) a la de un ángel de la guarda que observase cómo se aleja la persona a quien debía custodiar. Su hija, allí abajo, en la calle, haciéndose más pequeña a cada paso, perdiéndose entre la amenaza de la multitud, desprotegida, indefensa... La inquietud, casi el terror, le impidió seguir mirando.

Henry escuchó el ruido de la persiana al cerrarse y movió ligeramente los labios: era su primer intento de sonrisa del día. Erika se volvió hacia la ventana y, al no ver a su madre, le dio un beso a Alberto. La situación estaba controlada: Luz Celeste y su hija pequeña, en casa; Erika, en la calle; y mientras, la noche empezando a aliarse con el acechador, que hoy sí tenía todo el tiempo del mundo para seguirlos hasta el bar cuyo nombre no recordaba.

La pareja, esta vez de la mano, tomó la misma calle que el día anterior. Sin embargo, no se desviaron, sino que continuaron por un camino que Henry conocía a la perfección, y cuál no fue su sorpresa cuando los vio entrar ni más ni menos que en La Cueva de Morgan, convertida en ese instante, sin que ellos supieran nada, en la cueva del lobo.

Nada más entrar, vio a Alberto realizando unos extraños movimientos espasmódicos que pretendía hacer pasar por un baile. Erika (ella sí) bailaba como si hubiese estado años inmóvil, esposada, encadenada, esperando el primer acorde para fundirse con el ritmo. Henry se quedó quieto, junto a la puerta, observando de lo que eran capaces unas caderas. Solo cuando, tras uno de los giros, ella se quedó mirando más o menos en su dirección, reaccionó y se acercó a la barra del fondo, sin perderlos de vista. No debía de estar Jaramillo, pero el camarero de siempre lo reconoció y lo saludó. Pese a que la distancia que los separaba era corta, Henry no llegó hasta la barra, pues si daba un paso más, perdería de vista a la pareja. Le preguntó por Jaramillo articulando con la boca su nombre, pero sin emitir sonido alguno y señalando a la silla donde siempre le había visto: la música le impedía comunicarse de otro modo. El camarero respondió que no con la cabeza y con el dedo a la vez, y Henry levantó la mano como agradecimiento y despedida y atravesó de nuevo La Cueva.

Erika estaba bailando sola, y Henry escogió un hueco que quedaba en la barra más cercana a la entrada para vigilar. En un bar de copas es bastante más fácil que en la calle: hay mucha gente, nadie te pregunta qué haces allí, y casi todo el mundo se mira entre sí, en busca de un *cruce de luces* que les impulse a intentar un acercamiento; un bar de copas es, al tiempo, la proximidad y el anonimato. Y prueba de ello es que Henry, solo tras varios segundos, se dio cuenta de que estaba pugnando por llamar la atención del camarero con el mismo Alberto. Sus antebrazos se rozaban y Henry no pudo evitar mirarle: su perfil entre sonriente y nervioso, a dos palmos de él, tan cerca como su mano, que se agitaba impaciente cada vez que cruzaba frente a ellos el camarero. Pero enseguida retiró la vista y se escondió bajo la visera: no podía permitirse esas libertades, esos riesgos innecesarios. Se limitó a escuchar la voz de Alberto amortiguada por la música, que pedía una consumición. Luego vio cómo se la sirvieron y cómo su mano pagó, recogió la vuelta y se llevó el vaso. Henry pidió una cerveza, se giró y se quedó apoyado en la barra. Erika, quizá para evitar que Alberto siguiese haciendo el ridículo, lo agarró y lo guio con suavidad pero con firmeza, de tal forma que al final parecía hasta que supiera bailar.

Cuando a su botellín le quedaban dos tragos, Henry observó cómo la pareja se dirigía hacia el fondo de La Cueva. Se sentaron en el sillón largo que recorría la pared de la izquierda, próximo a la barra del fondo. A un lado tenían una pandilla de amigos, y al otro, una pareja. Antes de acercarse, Henry estudió detenidamente esa zona, pues había menos gente y era mucho más fácil llamar la atención. Dentro de la barra descubrió una columna recubierta de espejos que iba a ser su mejor aliada. Se sentó allí, de espaldas a la pareja, pero en una posición desde la que podía controlar todas sus acciones o, para ser fieles a la realidad, su única acción: besarse. El camarero le saludó y le habló como a un viejo conocido: que Jaramillo no había venido, y que tal, y que cual; pero Henry, experto en escabullirse de conversaciones indeseadas, la zanjó limitándose a mirarle solo el tiempo imprescindible para pedir otra cerveza.

Cuando el grupo de chavales se levantó, Henry clavó los ojos en el espejo. Erika y Alberto estaban fundidos en un amasijo de pelos, brazos, piernas... Pero eso no fue lo que capturó su atención, sino el bolso de ella. En uno de esos vaivenes, la correa había resbalado de su hombro y, aunque seguía rodeándole el brazo, el bolso estaba completamente apoyado en el sofá, sin ningún contacto con ella. Era arriesgado, pero no estaba dispuesto a dejar pasar semejante oportunidad. Sabía que dentro de ese bolso estaba el móvil de Erika; le había visto sacarlo en repetidas ocasiones, tanto ese día como el anterior, aunque nunca había llegado a hablar por él; simplemente, lo había mirado y lo había guardado, o se había limitado a colgar una llamada entrante. Recordando los tiempos no tan lejanos en que quedaba con Roque para pillar lo que fuese (al principio llegaron a robar hasta paquetes de *kleenex*, por practicar), se acercó al sillón y se sentó muy cerca de ellos. El único reparo que tenía era que se separasen para respirar, pero no parecía que tuviesen intención. De forma lenta, casi imperceptible, y mirando a cualquier otro sitio para disimular, fue arrastrando el culo hacia ellos hasta que tuvo el bolso a tiro de mano. De reojo comprobó que era de los de cremallera. Abrir el bolso y extraer el móvil, con la pasión de aquellos y la música a tope, resultó sencillo; incluso se permitió el lujo de volver a cerrar la cremallera. El móvil tardó apenas segundos en pasar del bolso de Erika a su bolsillo. Se levantó aparentemente despreocupado, atravesó el local y salió a la calle.

La entrada de La Cueva tenía bastante movimiento; sería un buen negocio aunque no fuese una tapadera. Henry se alejó de la puerta bastantes metros, pero sin perderla de vista, y sacó el móvil. Comprobó que la batería estaba llena (chica precavida o mera casualidad) y, a continuación, desactivó el volumen de todas las funciones y se lo volvió a guardar en el bolsillo. Aunque Henry ya tenía casi trazado el plan de actuación con Luz Celeste, la baza extra del móvil de su hija le había venido de perlas, era la guinda a la estrategia. A pesar de ello, pensó que dejaría pasar al menos un día para que cundiese la duda o el nerviosismo en la familia por el robo. Además, necesitaba meditar bien los pasos a seguir, sus consecuencias, etc., y descansar, descansar mucho, pues era posible que no volviese a dormir hasta que se resolviese todo.

Primero salió Erika, y de inmediato, Alberto. Se detuvieron en la acera, revisaron sus pertenencias (bolso y bolsillos) sin mucha convicción; debían de haberlo hecho varias veces ya dentro de La Cueva. Erika le dijo algo y los dos comenzaron a andar a un paso ligerísimo, que pronto se transformó en carrera. El primer impulso de Henry fue seguirlos, pero enseguida comprendió que no podía lanzarse a correr tras ellos: lo descubrirían al momento. Además, intuía que no corrían por miedo a que les pasase algo, sino por si llamaba Luz Celeste y su hija no respondía, para evitarle el sofocón. Henry se asomó a la calle que había tomado la pareja, y desde la misma esquina los vio alejarse hasta desaparecer.

Andrés todavía no había llegado cuando Henry entró en la casa. Los demás estaban dormidos, o al menos acostados. En su cuarto se quitó la visera y la miró por dentro. Estaba sucia, pero no tanto como para echarla a lavar. Luego se desnudó y se acostó en su litera. Miró el móvil de Erika y su despeluchada perilla se movió al sonreír: dos llamadas perdidas de *Mamá* a una hora en la que la pareja no podía haber llegado a casa todavía. Se debían de haber producido momentos de tensión en casa de Luz Celeste, y eso le venía muy bien. Cerró los ojos, pero sabía que no podría dormir hasta que no ordenase todos los ases que tenía en la manga. Todo estaba a su favor para ganar la partida; solo hacía falta perseverancia y saber jugar un poco bien las cartas. Sería mañana, pero no iba a mover un pelo hasta que no hablase con Jaramillo para detallarle el plan y saber que podía contar con él, y en su caso con algún refuerzo. Si se alargaba la consecución del objetivo, tendría que recurrir a otra persona de la organización para que lo sustituyese algunas noches. Hay un límite de tiempo que uno puede aguantar sin dormir, a partir del cual cada hora en vela es un grado menos de cordura.

Poco a poco, sus pensamientos se suavizaban, se alargaban, se encontraban cada vez más lejos. Al día siguiente no sabría precisar si oyó llegar a Andrés o si soñó que le oía llegar.

Ojos que ven

12

¿Qué pasa aquí?

Fue la pregunta con la que me acosté y que debí de arrastrar durante toda la noche, pues me asaltó de nuevo nada más despertar, antes incluso de pensar qué día era. Desde la cama, intenté encontrar las piezas que le faltaban a ese puzle, esas que Erika tenía escondidas.

Le habían robado el móvil, vale, o quizá lo había perdido, aunque ella asegurase que no. Era una putada, lo admitía, y más para alguien que no debía de estar muy sobrada de pelas, pero lo que no me parecía ni medio normal es cómo se puso. Yo creía que le daba otro ataque de pánico. Llevábamos besándonos no sé cuánto tiempo cuando, de repente, sus labios y su lengua se quedaron congelados. Yo me separé un poco para ver qué pasaba. Erika había echado la mano al bolso y lo estaba palpando. Abrió la cremallera y estuvo registrando durante más de un minuto un espacio en el que apenas cabía su mano. Cuando volvió a levantar la cabeza, vi sus ojos ahogados en lágrimas y me asusté. ¿Qué había pasado? ¿Le habría hecho algo? Se levantó y salió corriendo hacia la puerta.

La seguí como pude entre la gente. Fuera, volvió a mirar el bolso mientras me decía con voz desesperada que le habían robado el celular. Yo me llevé las manos a los bolsillos, por hacer algo, pues sabía que no iba a encontrar nada. Me preguntó que si la acompañaba a casa y yo asentí, casi ofendido por la pregunta. No paramos de correr hasta llegar a su plaza y, como ella sospechaba, su madre estaba en la ventana.

–¡Erika! –gritó nada más verla.

–Me robaron el celular.

–¡Ay, mija!

Llegamos hasta el portal, y Erika se despidió de mí con un piquito que no me supo a nada. No me dio la opción de subir.

–Espera... –dije, pero el ruido de la puerta al cerrarse sepultó mi voz.

Calculé el tiempo que habría tardado en llegar a su casa y llamé al telefonillo; un toque corto para no despertar a nadie. Oí cómo descolgaban y, antes de escuchar ninguna voz, pude percibir unos sollozos de fondo.

–¿Alberto? –se puso Erika.

–Perdona que te moleste –no sabía si le iban a sentar bien mis palabras, entre otras cosas porque no sabía qué era lo que le pasaba, pero tenía que decirlas–. Es que he pensado que ahora que no tienes móvil, quizá hayas perdido mi número de teléfono, y como yo tampoco tengo ninguno donde poder localizarte...

–Conservo la hoja que me diste el primer día, y tu dirección en la servilleta.

Me fui a despedir, pero mis palabras me traicionaron:

–Nos veremos, ¿no? –más que una pregunta, parecía una súplica.

–Sí –noté que tenía ganas de colgar.

Solo sabía que no sabía nada... de Erika.

Salí de la cama. Mi madre le estaba riñendo a mi padre porque todos los domingos tenía que ver o Fórmula 1 o motociclismo.

–¡Y por la tarde, el fútbol!

–Cariño... –murmuraba mi padre sin retirar la vista del televisor.

Ana estaba aún dormida (habría llegado tarde la noche anterior, como casi todos los fines de semana) y Culo había bajado a por el pan. Desayuné con el sonido de los motores de fondo y con el móvil junto a la taza de leche, desamparado como un coche que se queda en la parrilla de salida, sin poder arrancar cuando el semáforo se pone en verde. La situación era nueva para mí. Antes, todo había sido más sencillo: o le gustaba a la chica o pasaba de mí; o sí o no; o blanco o negro, punto final; pero eso había saltado por los aires. Le gustaba (estaba casi seguro), pero pasaba algo que escapaba a mi conocimiento. Un velo de misterio la cubría y, aunque me costase reconocerlo, eso la volvía más irresistible aún.

Dejé la taza en la pila, volví al salón y me senté junto a mi padre. Los motores de los monoplazas al límite, mi móvil inerte y mi cabeza muy lejos, en una recóndita tierra sembrada de dudas e incomprensión.

–¡Sí, claro! –dijo mi madre segundos después–. Salir, dormir, ver la tele... Anda, ve a recoger tu cuarto –me levanté y me fui: no tenía ganas de discutir ni especial interés por el gran premio de automovilismo.

Dejé a mi madre diciendo que ya sabía a quién había salido.

A las cinco de la tarde, aún no me había llamado.

A las seis de la tarde, aún no me había llamado.

A las siete de la tarde, aún no me había llamado, así que, sin muchas ganas, llamé a uno de mis amigos. Había una pequeña novedad con respecto al resto de los días, eso sí, sin salir del centro comercial: iban a ir al cine.

–Guau, emociones fuertes –le dije con ironía.

Habían quedado todos en las taquillas, dentro de media hora. Yo llegué el primero y me sobraron veinte minutos. Estaba tan nervioso que lo último que quería era quedarme quieto y encontrarme a solas con mis pensamientos. Me disponía a dar una vuelta, ver los escaparates de las tiendas, incluso dejarme hacer una encuesta (o vender la moto de turno) por esos pesados a los que siempre esquivaba, pero no pude dar ni un paso. Una voz femenina había pronunciado mi nombre. Descarté que fuese Erika y me giré: mi *amiga* Marta se acercaba. Qué casualidad, justo tenía que ser ella la que llegase pronto. No había vuelto a estar a solas con Marta desde que me diera esas brillantes y anaranjadas calabazas. Sin embargo, cuando llegó y nos saludamos, descubrí que no me incomodaba en absoluto su presencia.

–¿Qué tal con la chica esa del otro día? –me preguntó, sin ningún atisbo aparente de celos.

–Se llama Erika y es colombiana. La conocí hace cuatro días y hoy es el primero que no hemos quedado.

–Entonces va bien la cosa, ¿no?

–Va bien y no va bien. Pero no me preguntes por qué; soy incapaz de entenderlo. Es algo que no me quiere contar y que la tiene en constante tensión.

Me descubrí hablando con absoluta sinceridad. En otro momento, por eso de no cerrarme puertas, me habría tirado el farol de que Erika no me importaba mucho, que era un rollo sin importancia, pero aquel día ganó la simple necesidad de desahogarme a cualquier otra táctica, estrategia o plan prediseñados.

–Deja pasar el tiempo; solo son cuatro días.

–Pero es que ya me conoces: la paciencia no es mi principal virtud.

–Quizá ella tenga que aclararse con algo.

–Es posible...

Al final iba a ser verdad que Marta y yo teníamos futuro como buenos amigos.

El resto fue llegando a las taquillas. Al principio dudé entre ver la película o no. No sabía si mis nervios aguantarían dos horas, más o menos, con el móvil apagado. Al final me decidí a entrar sin apagarlo pero con el volumen quitado; así podía estar pendiente de la pantalla de cine y de la del móvil.

Cuando abandonamos la sala, me importaba bastante menos que el protagonista hubiese logrado desarticular el mayor grupo terrorista que el hecho de que no hubiese entrado ninguna llamada en mi móvil. Solo un mensaje me perturbó a la mitad de la película, pero era de la compañía telefónica, ofreciéndome un servicio de alertas con noticias de deportes.

–¿Qué hacemos? –preguntó uno de mis amigos.

–¿Vamos al banco?

Todos parecían estar de acuerdo, o al menos no en contra, salvo yo, pero no dije nada. Es posible que hubiese otros en mi situación, aburridos de estar todo el día en el mismo sitio, pero como nadie decía nada...

Me mantuve al margen: sus conversaciones me hastiaban, a pesar de lo cual, mantuve la frialdad suficiente para deducir que, en semejante estado, con el teléfono ardiendo en el bolsillo y Erika en mi cabeza, cualquier conversación me habría parecido un tostón.

A las diez y media, supe que no aguantaría más tiempo allí. Me despedí de todos (Marta me deseó suerte) y tomé el camino de mi casa. Di todos los rodeos posibles durante el camino, incluso varias veces me volví y anduve unos pasos en dirección a la casa de Erika, pero siempre terminé echándome atrás. Al fin y al cabo, solo hacía un día que no la veía. La calle era hostil... Bueno, en realidad la hostilidad estaba dentro de mí, y nada tenía que ver el sitio en el que me encontrase: la arrastraba como a mi sombra.

Alcancé la normalidad de mi casa. Salvo Ana, que andaría por ahí, toda mi familia estaba repanchingada en el sofá, medio dormida, tragando tele. Les dije que ya había cenado, aunque no fuese verdad, y me fui a mi cuarto. La cama no me reconocía a esas horas. ¿Qué diferencia había entre una semana antes y ahora? Erika. Sabía que me estaba enamorando de ella, pero no hasta qué punto. Medía mis sentimientos con la escala del dolor. Es verdad que soy un poco exagerado, que me monto unas películas asombrosas, por lo que quizá no fuese más que algo normal, que cuando lo entendiese me reiría de ello, seguro, pero de momento no podía evitarlo. ¿Y si había otro en su vida? ¿Y si de repente, cuando le robaron el móvil, por alguna extraña cadena de pensamientos, llegó a la conclusión de que yo no le gustaba? Preveía una noche de autotortura inquisitorial... Solo esperaba que, a la mañana siguiente, una llamada acabara con todo.

13

María gritó desde la banda que ya era la hora y el partido finalizó. Los jugadores comenzaron a abandonar el campo de arena por el hueco de la valla más cercano a la fuente. Parecían espectros en medio de la polvareda que ellos mismos habían levantado. Daba igual cómo hubiese quedado el partido y quién hubiese jugado contra quién; simplemente, habían pasado un buen rato.

Andrés, conteniendo el resuello, le dio un beso a María y le pegó un buen trago a la botella con una bebida tonificante que le había traído. Estaba extenuado, pero no perdía la sonrisa. Jugar al fútbol y estar con María (no por ese orden) eran las dos cosas que más le gustaba hacer los domingos, el único día que tenía libre. La pareja se despidió del resto y se encaminó hacia la casa de Andrés.

–Pareces una croqueta –le dijo María.

Andrés se miró el cuerpo, rebozado de sudor y arena.

–Es que me quiero llevar la cancha de fútbol a casa y lo estoy haciendo de a poquitos –bromeó Andrés–. Voy a tomar una ducha apenas llegue, no sea que a alguna le dé por arrearme un bocado.

–¡Eso por encima de mi cadáver! –alzó la voz María–. Y ni siquiera así: hasta muerta le haría la zancadilla. Yo soy la única que te puede dar bocados.

Ya en casa, mientras Andrés se duchaba, María se quedó en el salón con el matrimonio ecuatoriano. Hablaban de lo majo, de lo responsable y de lo trabajador que era Andrés, y María añadía que además era muy cariñoso. Se les deshacía la boca en elogios. No era la primera vez que tocaban ese tema y los tres sabían perfectamente adónde los llevaría la conversación, pero ninguno la evitó.

–Henry, sin embargo, es la otra cara de la moneda –la ecuatoriana fue la primera en abrir la veda.

–La cara oscura... –añadió el marido–. Son el día y la noche. Parece que no solo los separase un año de edad, sino siglos de vivencias.

–Yo es que apenas le conozco –apuntó María–. Es inaccesible. No hay forma de llegar a él, de arrancarle una palabra con un mínimo de calor. A veces creo que me odia.

–Nos odia a todos –la mujer trazó con el dedo un círculo en el aire que englobaba el mundo.

Los halagos a Andrés quedaban atrás, no habían sido más que la excusa necesaria para hablar del odio que envolvía a Henry, de su carácter agriado e insondable, de los indescifrables sentimientos que ocultaban sus ojos grises de tormenta. María se sinceraba algo más con ellos que con el propio Andrés, al que lo más que había llegado a decir era que no terminaba de conectar con su hermano. Pero los ecuatorianos le devolvían y le confirmaban sus impresiones de Henry con el mismo detalle con que lo haría un espejo, y en cierto modo le aliviaba saber que no era la única que sufría su ojeriza, que quizá no fuese nada personal, sino odio al mundo en su totalidad.

–Estará pasando un mal momento, a lo mejor ha...

María se quedó con la frase en los labios, pues Andrés irrumpió en el salón con el gesto manchado de perplejidad. Le dijo a María que se iban y se despidió brevemente del matrimonio ecuatoriano. Por un instante, María temió que les hubiese oído hablar de su hermano y se hubiese molestado, pero en cuanto le volvió a mirar a los ojos, descubrió que no podía tratarse de eso. Su expresión estaba más cercana al miedo que al mosqueo.

–¿Qué te pasa?

–No vas a creer lo que he encontrado en el armario.

De la puesta de sol solo quedaba un resplandor púrpura entre las siluetas de los edificios. Ese día no habían quedado ni en la oficina sur ni en La Cueva de Morgan, Jaramillo no le había querido decir por qué. Henry se despidió con un cargador para el teléfono de Erika, con las ideas totalmente claras y con el apoyo expreso a su plan. El objetivo prioritario de Henry, según le había hecho saber Jaramillo, tenía que ser que Luz Celeste accediese a que Erika se dedicara a la prostitución. «De esa forma, la plata caerá solita; no como limpiando casas, que parece que cayese con cuentagotas», había añadido. «Si ve que no cede, le explica que no es una elección, sino una imposición. Que sigue en sus trece, la mata y se lleva a las hijas, que de la pequeña no nos hemos ocupado, pero por ahí tendrá que crecer, ¿no? Ah, y avíseme sin falta del día que se reúna con ellas. Si no lo he hecho yo antes, me contactas al celular».

Henry caminaba hacia su casa. La visera acentuaba la oscuridad en torno a sus ojos. Ya en el portal, encendió la luz y se lanzó escaleras arriba, de dos en dos. Cuando se quiso dar cuenta, en el rellano anterior a su piso, se topó con Andrés y con María. Iba tan rápido que no le dio tiempo a reaccionar. En vez de cruzarse, saludarse y seguir cada cual su camino, Andrés y María se detuvieron unos escalones más arriba que Henry, entorpeciéndole el paso. En el rostro de ambos asomaba algo muy parecido al miedo. Henry desconocía el motivo. Siguió subiendo hasta que llegó a su altura, con la intención de abrirse un hueco entre ambos.

–Qué hubo –saludó.

–Salíamos a pasear –le detuvo Andrés.

El tono airado de su voz expresaba muchas más cosas que las simples palabras.

–Pues que les vaya bien –respondió Henry, reemprendiendo la marcha, pero Andrés se dio media vuelta y le siguió hasta la puerta de casa.

Los hermanos, uno detrás de otro, cruzaron frente a los atónitos ojos de los ecuatorianos. María, que cerraba la comitiva, se quedó en el salón con ellos, en silencio: no podía revelarles lo que le acababa de contar su novio. El chirriar de la puerta del cuarto terminó con un portazo. Al otro lado, Andrés fue derecho a abrir el armario y a Henry no le hizo falta más para darse cuenta de lo que sucedía. La mano de Andrés se dirigió sin vacilar al jersey que nunca usaban, el que hasta ese día había estado al fondo del armario, y sacó la pistola. No sabía ni cómo cogerla, pero extendió el brazo y se la mostró, moviéndola para llamar más su atención. Henry ni se inmutaba.

–Pietro Beretta Gardone VT. Made in Italy –leyó Andrés directamente de un lado del cañón, y luego del otro–: Modelo 8000 Cougar.

En realidad no sabía por qué se había puesto a leer lo que venía grabado en la pistola; simplemente los nervios, el no saber qué hacer ni cómo actuar con una pistola entre las manos.

–Es bonita, ¿eh? –dijo Henry, impasible–. Me la consiguieron en la empresa. Se necesita para algunos trabajos, pero solo para mostrarla y asustar; no crea que voy a usarla.

–¡Henry! –gritó Andrés, pero enseguida bajó la voz para que no le oyesen desde el salón–. No me venga con vainas. ¿Y este cargador lleno de balas, para asustar también? ¡Dígame en qué carajos está metido!

–Si no me quiere creer, no me crea; no necesito que me crea, pero es así como le digo.

–¡Me está mintiendo! Lo conozco y me miente.

–Te repito que me da igual, puede pensar lo que quiera...

–Le da igual, sí... Le da igual morir pronto, ¿verdad? –a Andrés le temblaban la voz, las manos, la respiración–. ¡Pues a mí no me da igual, lo va a oír aunque no quiera, a mí no me da igual!

Titubeando, devolvió la pistola al armario y miró de nuevo a Henry: su hermano, un perfecto desconocido, una máscara inalterable, tan frío como una bala justo antes de ser disparada.

El chirriar de la puerta tensó de nuevo a María y al matrimonio. Andrés salió y se sentó junto a ellos. Parecía cansado, derrotado. Sus ojos se dirigieron hacia la tele, pero no vio nada, cientos de pensamientos se le cruzaban. Nadie abría la boca, todos respetaban su silencio embelesado. No quedaba ni rastro de su habitual sonrisa. Solo al cabo de unos minutos, María se atrevió a preguntarle si todavía le apetecía pasear. Andrés volvió de muy lejos con un ligero respingo.

–No, ahorita no. Mejor ve a tu casa y ya hablamos. Sabes que te acompañaría, pero... –señaló con la cabeza la puerta de su cuarto.

–No pasa nada porque un día no me acompañes, que me estás convirtiendo en una malacostumbrada –y le estampó un sonoro beso en los labios.

Bajo esa superficie imperturbable, a Henry le atravesaban corrientes contradictorias, vientos de distinta procedencia que no dejaban de voltear la veleta que llevaba a la altura de su pecho. Odiaba sentirse culpable, no quería, no debía sentirse así, pues era lo que pretendía su hermano. No podía dejar que lo ocurrido le perturbase hasta el punto de no hacer lo que había venido a hacer.

En primer lugar, puso a cargar el teléfono móvil de Erika; tenía la batería casi llena, pero siempre sería mejor que estuviese a tope. Si en algún momento llegara a apagarse, no podría volver a usarlo, pues no conocía la clave para desbloquearlo. A continuación, cogió un boli, abrió un cuaderno y se tumbó en su litera. Jaramillo le había preguntado (casi dándolo por hecho) que si estaba haciendo un informe de todo, y él había contestado rápidamente que sí, aunque no fuese verdad. Con la dificultad de recordar puntualmente lo que había sucedido desde que empezara a seguir a Luz Celeste (los días en la plaza, de tan parecidos, se le terminaban mezclando), redactó lo que solo muy generosamente podría denominarse informe. Al releerlo, se dio cuenta de dos cosas. La primera, que le faltaba un dato importante o, si no importante, sí muy útil: el domicilio de Alberto; no le había seguido ningún día y ya era demasiado tarde, pues a partir de entonces no iba a poder separarse de Luz Celeste. La segunda le sorprendió realmente: había escrito mucho más de Erika que de Luz Celeste, el verdadero objetivo. Se había extendido en percepciones y en sensaciones que ni siquiera creía haber tenido en su momento, pero que afloraban ahora, al escribir:

> Los seguí hasta que entraron en un bar del barrio. Me tuve que ir y de pronto sentí pena [...] Era la reina de La Cueva de Morgan, bailaba buenísimo, inclusive estuve a puntito de acercarme a ella [...] Me dio rabia ver cómo se besaban, tan sinceramente [...] Sé que a partir de esta noche la va a pasar muy mal... por mi culpa.

Inmediatamente rompió el informe en pedacitos y redactó otro mucho más corto y aséptico, convenciéndose a su vez de que lo primero no había sido otra cosa que una ficción remotamente inspirada en hechos reales. Después de terminarlo, pasó de página y, con las letras mayúsculas más estándar para que no se pudiese identificar su letra, siguió escribiendo:

> EL CELULAR DE SU HIJA LO TENEMOS NOSOTROS, NI LO PERDIÓ NI SE LO ROBÓ UN LADRONZUELO. HEMOS ESTADO TAN CERCA DE ELLA COMO DE USTED, QUIZÁ HAYAN SENTIDO NUESTRA RESPIRACIÓN EN ALGÚN MOMENTO. NO HAY HUIDA POSIBLE. SABEMOS DÓNDE VIVE, LA CASA DONDE TRABAJA, EN QUÉ LUGARES COMPRA... ESTAMOS TRAS USTED LAS 24 HORAS DEL DÍA. CREEMOS QUE, EN SU ACTUAL POSICIÓN, NO ESTÁ PARA NEGOCIAR NADA CON LA ORGANIZACIÓN, NO MÁS DEBERÍA ACATAR LO QUE SE LE PIDA. SI ESTÁ DISPUESTA A COLABORAR, DEJE LA PERSIANA COMPLETAMENTE (aquí dejó un espacio en blanco) DURANTE TODA LA TARDE Y RECIBIRÁ NOTICIAS NUESTRAS. SI NO ESTUVIESE DISPUESTA O SE LE OCURRIESE CONTÁRSELO A ALGUIEN, USTED Y SUS HIJAS TENDRÁN QUE ATENERSE A LAS TERRIBLES CONSECUENCIAS.

Arrancó la hoja, la releyó y le pareció suficiente para que el miedo inundase la casa de Luz Celeste. Sin perder más tiempo, cogió su móvil, el de Erika, la pistola, y abrió la puerta chirriante. Atravesó el salón sin despedirse de nadie y, aunque solo vio durante un instante la cara abatida de su hermano, no pudo evitar sentirse incómodo. Quizá para espantar ese atisbo de debilidad, cerró la puerta con fuerza.

Tras el portazo, Andrés se levantó y corrió hasta su cuarto. Abrió el armario, rebuscó entre el jersey y el resto de prendas, pero la pistola ya no estaba. Atravesó el salón, como lo hiciera su hermano segundos antes, y se despidió con medio gesto del estupefacto matrimonio ecuatoriano.

Las sombras dibujaban la calle por la que transitaba Henry. El día estaba a punto de expirar, segundo a segundo, paso a paso, latido a latido. Ya cerca de la plaza de Luz Celeste, un tipo se cruzó con Henry, le miró sonriendo y se alejó. Henry siguió su camino con la convicción de que esta vez no eran imaginaciones, que se trataba exactamente de la persona a la que había asesinado hacía ya más de una semana. Alcanzó la plaza envuelto todavía por la irrealidad. Debería de haberse acostumbrado ya a su fantasma, pero lo seguía viendo, y cada vez le producía más pánico su viveza. Era imposible que fuese, Henry lo sabía: había caído fulminado a sus pies y luego había visto su imagen en las noticias donde anunciaban su muerte; por eso cada nueva visión le desesperaba más.

Lo primero que hizo fue observar la persiana de Luz Celeste: a medio subir. Sacó la nota manuscrita y rellenó el espacio en blanco: BAJADA. Dio una vuelta a la plaza para hacer tiempo porque había un grupo de chicas despidiéndose cerca del portal, una de esas despedidas eternas entre adolescentes que se van a ver al día siguiente. Cuando finalmente vio el lugar despejado, se acercó a la puerta y, haciendo uso de una tarjeta de crédito invalidada y de una de las primeras enseñanzas de Roque, la abrió. Encendió la luz y se acercó a los buzones, donde buscó el 4º D. Introdujo el papel y estaba a punto de soltarlo cuando tuvo un instante de duda al no ver en el cartel ni el nombre de la madre ni el de las hijas; pero enseguida se dio cuenta de que en su lugar habían inventado un nombre y le habían añadido los dos apellidos de Luz Celeste, por si llegaba correspondencia: *Walter Yorí González.* Soltó el papel y volvió a la calle.

Parapetado detrás de un árbol, sacó el móvil de Erika y comenzó a teclear:

> Baje ahorita mismo a recoger algo que hay en el buzón de su casa.

Buscó en la agenda y envió el mensaje a *Mamá.* Henry ya había previsto, mientras maquinaba el plan, el efecto que podía tener en Luz Celeste el recibir un mensaje del móvil de su propia hija. Al separar la yema de la tecla verde, comprendió que ya no había vuelta atrás, que a partir de ahora el desenlace se podía producir en cualquier momento. Sabía que la cuenta atrás había arrancado, pero no cuánto marcaba el cronómetro. A través de una pequeña hendidura del tronco, observó cómo se encendía la luz del portal. Entornó los ojos para enfocar mejor y al fondo, más o menos en el hueco donde desembocan las escaleras, le pareció ver algo que se escondió velozmente. De nuevo se asomó, esta vez un poquito más tiempo, y volvió a desaparecer. Finalmente apareció el cuerpecillo entero de Luz Celeste moviéndose con rapidez. Llegó hasta el buzón y le costó abrirlo. Henry no podía apreciar su rostro, pero sí el nerviosismo de sus movimientos.

14

Entre las cien mil hipótesis que había sacado desde que nos despedimos (bueno, desde que ella se despidió de mí) en el portal, dos días antes, alguna tenía que ser la verdadera. ¿No decía algo así la estadística? Uf, creo que nunca había fantaseado tanto como esos días. En algunas explicaciones solo me había faltado introducir a extraterrestres en una conjura universal. Estaba desesperado, trastornado, desquiciado, enfangado, descompuesto... Estaba fatal, y, para colmo, estaba en clase de matemáticas, era lunes y el profesor estaba consiguiendo que la pizarra se pareciese cada vez más a mi cabeza: toda llena de ecuaciones sin resolver con no sé cuántas incógnitas. Con lo fácil que era calcular cuántas peras tenía Manolito si le dan quince, se le caen dos y vende cinco a Pedrito. Con lo fácil que puede ser todo, ¿por qué ese empeño en complicarlo?

Mi cuerpo vacío emprendió el camino a casa, pero unas voces lo detuvieron. Me volví: eran mis amigos. Alguno blandía el móvil en la mano, así que no me costó darme cuenta de que si era lunes y acabábamos de salir de clase, entonces tocaba sesión de móviles. Estuve a punto de inventarme una excusa para no acompañarlos, pero en el fondo me daba igual, y si alguna de las fotos conseguía arrancarme media sonrisa, me daría por satisfecho... Aunque lo dudaba.

Al banco del centro comercial solo le faltaban cartelitos con nuestros nombres. Les dije que no tenía ni fotos ni grabaciones y se desataron las bromas acerca de Erika, que para ellos era «la chica esa». Que si me tenía absorbido, que si le podía haber hecho alguna foto aprovechando la cercanía, incluso alguna con mi mano dentro de su camiseta... Se podían meter sus comentarios por esa parte de su anatomía que tenían apoyada en el banco; me estaban mosqueando hasta límites desconocidos, pero conseguí mantener la calma, respirar profundo y callarme, hacer como si no me ofendiese para no darles más alas. Al final, en vista de que no consiguieron picarme, pasaron a lo de los móviles. Como me temía, las risas de todos se convirtieron en el contrapunto doloroso de mi estado. Las fotos y las grabaciones me importaban tanto como que alguien se estuviese rascando un pie en Cracovia. Cada nueva risotada me taladraba la cabeza. Yo saqué mi móvil, pero no para mostrar nada, sino para confirmar algo que ya sabía antes de mirar la pantalla: que Erika seguía sin llamarme.

Aunque todavía no había terminado de ver todo el material, decidí irme.

–¿Qué pasa, Alberulo, que has quedado con la pivi?

–Hasta mañana –les dije mientras me marchaba.

Caminaba hacia mi casa con la desagradable sensación de estar solo en el mundo. Soy un poco exagerado, lo reconozco, pero es que por el hueco que había abierto Erika se me había colado todo. Lo primero que hice al llegar fue agarrar el teléfono fijo y marcar mi número de móvil. Sonó la melodía y en la pantalla pude leer *Casa*. ¡Mierda! El móvil funcionaba perfectamente y, por tanto, ella no me había llamado. Debía de tener mala cara, pues Culo ni siquiera me propuso jugar a la consola y Ana, creo que por primera vez en su vida, me dijo que si podía ayudarme en algo, que me notaba muy raro. Era como si los dos hubiesen escuchado en mis pensamientos la palabra *soledad* y tratasen de hacerme ver que al menos los tenía a ellos.

–No, si no es nada... Las chicas, ya se sabe... –no sabía por qué, pero hablaba como quitándole importancia al asunto.

–Yo tengo algunos años más que tú... y soy chica.

Aunque sus palabras no me aportasen ninguna información nueva (solo le había faltado añadir: «... y me llamo Ana»), sí consiguieron su objetivo, y antes de darme cuenta le estaba contando todo con pelos, señales, ataques de pánico, labios, Líos, cabellos, Cuevas, móviles y dudas que corroen almas. Y a medida que lo contaba no solo no me desahogaba, sino que la imagen de Erika se me iba haciendo insoportablemente real. Los ojos de mi hermana parecían encendidos, no sé si por comprobar que su hermanito era capaz de sentir cosas o por simple morbo o cotilleo.

–Entonces, ¿tú irías a buscarla? –le pregunté para terminar.

–Ni de coña, Álber. Solo han pasado dos días. Yo iría, como mínimo, al cabo de dos semanas. No hay que bajarse los pantalones tan pronto.

Me puse de pie.

–No me digas más. Me voy –le dije a mi hermana, que se quedó alucinada–. Sé que es difícil de entender, pero mi relación con Erika no es como otras en las que he tenido que diseñar estrategias, planes alternativos, tirar faroles, presionarme psicológicamente... como si en vez de una relación fuese un pulso o una guerra. Aquí nadie tiene que bajarse los pantalones.

Ana me miraba con incredulidad.

–¿Y por qué piensas que va a ser diferente? Millones de parejas se han enamorado antes y millones lo harán después. ¿Realmente crees que lo vuestro...?

–No lo creo –no dejé ni siquiera que terminase la pregunta–, lo sé.

Dejé su cara de perplejidad en casa y salí a la calle.

Mi caminar era irregular: lento cuando me asaltan las dudas sobre lo que iba a hacer y rápido cuando me reafirmaba en mi convicción. Ya en la plaza, a medida que me acercaba al portal, mis pasos eran cada vez más titubeantes, como si no quisiese terminar de llegar. Un ligero soplido de aire se congeló en mi frente húmeda. El portero automático estaba al alcance de mi dedo, pero no llamé. Durante el camino, no había pensado en lo que iba a decirle. Tras unos segundos de absoluta inmovilidad, tanto física como mental, decidí que no se me iba a ocurrir nada en semejante situación. Ya daba igual. Además, no sabía por dónde me podía salir ella. Como si estuviese a punto de hacer *puenting*, tomé aire: un, dos, tres, y llamé.

–¿Quién? –preguntó una mujer en voz baja.

–Buenos días, o buenas tardes, perdón. ¿Está Erika?

No respondió, pero tampoco parecía haber dejado el telefonillo para ir a avisarla.

–¿Hola? –insistí.

–¿Quién es? –dijo de nuevo el hilillo de voz, que podría ser de su madre, pero que no terminaba de distinguir.

–Soy, Alberto, el del sábado –le dije.

–¡Ah, Alberto! Un momento –me dijo Luz Celeste, esta vez sí que había distinguido su voz: había ganado algo en volumen, pero nada en alegría–. ¡Erika! –oí que llamaba a su hija.

Pegué el oído al altavoz del portero automático, y así esperé.

–Alberto, ¿cómo así que viniste? –por un lado, solamente oír su voz me reconcilió con el mundo, pero por otro, noté que no parecía agradarle mucho mi presencia.

–Nada, que estaba en mi casa y me dije: Alberto, ¿qué prefieres: ir a casa de Erika o seguir muerto? Y claro, prefiero vivir.

Erika no fue capaz de reírse.

–Estás loco. Entra –dijo, pero su voz se contaminó con la chicharra que abría la puerta.

Subí corriendo los cuatro pisos. Una vez arriba, frente a la puerta, tomé aire varias veces para recuperarme y llamé. Abrió Erika, pero no me miró a mí, sino detrás de mí: el rellano y las escaleras. Tenía la cara distinta, no sabía exactamente en qué lo notaba. Me pidió que entrara como con prisa y después de cerrar la puerta me dio un beso de los que sería mejor no dar; su madre estaba observándonos. Cuando las miré a las dos juntas, descubrí que en sus gestos se había cruzado lo mismo: inquietud, preocupación... sombra. Erika me señaló con la vista y luego miró a su madre, como pidiéndole algo con los ojos, algo que tendría que ver conmigo. Luz Celeste, con las palmas abiertas, parecía querer decir: «No me pidas eso», pero la mirada de su hija era persistente y finalmente no le quedó más remedio que encogerse de hombros y asentir resignada. Giró las manos y las movió de arriba abajo, pidiendo calma o prudencia o qué sabía yo. Erika asintió. Acababan de tener una conversación frente a mí sin pronunciar palabra. Erika me tomó de la mano (por primera vez noté algo de calor en ella) y me condujo hasta su cuarto. Cerró la puerta y no se atrevió a mirarme.

–Yo solo quería saber que estabas bien, como no llamabas... –empecé a hablar–. Tú tómate el tiempo que quieras para aclararte con respecto a mí. Quiero que estés segura de tus sentimientos. Pero al menos dime que te lo estás pensando, no me dejes de llamar de repente, porque creo que ya me han dado doscientas crisis de ansiedad...

Erika intentó sonreír, pero lo único que consiguió al estirar los labios fue agrandar el gesto de desamparo.

–Ya cállate –me dijo, pero no en tono de reproche–. Antes que nada, para que no te queden dudas sobre eso, yo no necesito aclararme contigo: tengo bien clarito que estoy enamorada de ti –pese a la situación, no pude evitar sonreír–. La historia es mucho más difícil, tanto que no sé por dónde empezar.

–¿Por el principio? –le dije, y por la mirada que me lanzó, me juré no volver a gastar bromas ese día.

–Tú me has conocido acá y piensas que todo es muy bonito, pero estos ojos que ahora te miran han visto cosas que no puedes llegar ni siquiera a imaginar. Hay tanto dolor dentro de mí y está tan profundamente arraigado, que cada vez que sonrío es como si me estuviese traicionando.

Su voz sonaba lenta, profunda, sabia...

–Yo vivía con mi familia en un pueblito de Urabá y era feliz. Es lo que tiene el no enterarse de nada. Mi mundo era mi casa y el terruño en el que mis papás cultivaban banano, todo lo más el pueblo. Se oían muchas barbaridades en el noticiero: guerrilla, sicarios, narcotraficantes, autodefensas, todos revueltos y unidos en un mismo fin: el terror. Pero yo aún era chiquita y, al fin y al cabo, eran tan solo noticias que llegaban a no afectarte de oírlas un día y otro. Sonaban lejanas e irreales, como afuera de la burbuja que aislaba nuestra existencia. Pero un día, sin previo aviso, el pueblo fue violentamente tomado por los paracos.

–¿Los paracaidistas?

–No, los paramilitares... Mi papá se encontraba, como siempre, trabajando en el campo cuando se le acercaron tres de ellos, armados de pies a cabeza, aplastando con sus botas cuanto pillaban por medio. Mi madre nos obligó a mi hermana, que era casi un bebé, y a mí a meternos en casa, pero desde la ventana se veía todo –los ojos de Erika, que empezaban a disolverse en una gran lágrima, estaban mirando al pasado... al infinito–. Le dijeron algo y mi papá se encogió de hombros, negando con la cabeza. Uno de ellos le dio un golpe duro en el estómago con la culata del fusil, que le hizo doblar las piernas. El que parecía llevar la voz cantante lo apuntaba con un dedo acusador mientras gritaba. No podía distinguir lo que decía, pero sí me llegaba el sonido agudo de sus estridentes picos de voz. Mi papá no cesaba de negar con la cabeza. Sus manos se agarraban a la tierra como para encontrar algo firme –los párpados de Erika no pudieron contener el desbordamiento, y las lágrimas comenzaron a surcar sus mejillas; un estremecimiento en sus bellos labios me hizo temer lo peor–. Entonces, el que más hablaba levantó una mano y sus dos compañeros, al unísono, apuntaron a mi papá con sus fusiles. La lluvia de disparos ni siquiera se oyó, fue solapada por un mismo grito llorado por tres bocas...

Erika tomó un respiro para poder seguir hablando. A mí la vida me acababa de dar diez vueltas de campana.

–Mi papá se desangró sobre su tierra, aferrado a ella, pero no sirvió de nada; al final, ellos se la quedaron igual.

Lo acusaban injustamente de colaborar con la guerrilla, o de encubrirla, o simplemente de simpatizar con ella, a él y a otros tantos del pueblo que corrieron su misma suerte. Cualquier mentira era válida para quedarse con el pueblo. Ni siquiera tuvieron que matar a todos: el miedo hizo que los que quedaban vivos entregaran sus posesiones casi dando las gracias. Los que no quisimos colaborar con ellos nos vimos obligados a desplazarnos a Medellín, como una marea de desheredados, y en la ciudad todo fue a peor. Soledad, hambre, miedo y desarraigo en la peor zona del peor suburbio de Medellín. Algunos años más tarde, a mi mamá le ofrecieron la posibilidad de viajar a España. Parecía gente con intención de ayudar, de facilitarnos la vida, y el futuro que nos vendían era, como poco, esperanzador...

Y siguió hablando, contándome cómo habían llegado a Madrid, la presión asfixiante de la organización, la huida, y las fatídicas últimas noticias... Mis ojos se agrandaban, se humedecían, y mi pecho se encogía con cada nueva revelación.

–Yo he llegado hasta a decirle a mi mamá que estoy dispuesta a sacrificarme por ellas dos. Que si prostituyéndome nos van a dejar en paz, soy capaz de hacerlo. Pero ella siempre me dice que antes muerta. Y hoy, ya ves, llevamos todo el día con la persiana bajada, a la espera de un mensaje que anuncie lo inevitable.

–Pero es espantoso, es horrible, es... –susurré sin fuerza.

El silencio se apoderó de la habitación, un silencio provocado por palabras que lo habían arrasado todo. No entendía cómo no tenía un ataque de pánico cada quince minutos. Me abracé a ella con fuerza, no sé muy bien si tratando de consolarla o buscando mi propio consuelo. Lloramos un buen rato, fundidos. Ella se recuperó antes (la costumbre la había hecho más fuerte; yo estaba desbordado) y me ayudó con palabras de ánimo. Pero es que mirase donde mirase, pensase lo que pensase, todo acababa volviéndose negro. No había salida, y apenas intuir el futuro que le esperaba a Erika, si no se producía un milagro, me provocaba una impotencia de dimensiones monstruosas.

–¡Ya está! –exclamé de pronto, pues se me acababa de ocurrir una idea, simple, pero aparentemente eficaz–. ¿Y si, cuando me vaya de aquí, en vez de ir a mi casa, voy a la comisaría más cercana?

–Creo que no entendiste bien el alcance del asunto. Te lo conté todo porque te tengo mucha confianza, eres el único que lo sabe aparte de nosotras; y porque, al haber estado conmigo estos días, lo quieras o no, lo más seguro es que estés también controlado, vigilado o perseguido. Si hubiese sabido que estaban tras de mí, jamás me habría acercado a ti. Existía la posibilidad, pero me negaba a creerlo. Ahora me siento culpable por lo que te he hecho... Esta gente no suele hacer las cosas a medias, amarran hasta el último cabo para no dejarlo a uno moverse. Así que nada de hacerte el héroe. Si te pasase algo por mi culpa, no podría aguantarlo. Prométeme que apenas salgas de acá, te vas para tu casita y no vas a hacer nada extraño.

No reaccioné. Mi mente trabajaba buscando soluciones, pero no las había, o no era capaz de encontrarlas.

–Prométemelo –insistió Erika.

–Te lo prometo.

Entonces me llegó un mensaje al móvil (ambos nos sobresaltamos cuando sonó): era Ana, que fuese cuanto antes a casa porque mis padres se estaban empezando a cabrear. Miré el reloj. Era tardísimo. No me quería ir, me habría gustado no separarme de ella, protegerla, cuidarla, defenderla... aunque ni siquiera supiese si era capaz de defenderme a mí mismo.

En el sofá del salón, entre otros, Luz Celeste jugueteaba con el pelo de su hija pequeña, que se había quedado dormida con la cabeza apoyada en sus muslos. Quizá Claudia fuese la única que seguía en la burbuja, ajena a la situación... Le hice un gesto para que no se levantase, no fuese a despertar a la niña, y nos despedimos con la expresión de complicidad de quienes se reconocen en medio del espanto. Sobre el felpudo, Erika me regaló un beso que compensó con creces el tibio roce de labios del recibimiento.

–Ahora prométeme tú que vas a tener todo el cuidado del mundo y más –le pedí.

–Prometido.

–Mañana me tienes aquí otra vez.

–Alberto... –me dijo, con los ojos emocionados.

–¿Qué?

–Eres lo único bueno que me ha pasado desde hace muchísimo tiempo.

Nos transmitimos con otro beso aquello a lo que no llegaban nuestras palabras; a lo que acaso se acercaban el temblor de los labios, el brillo en las mejillas enrojecidas o el microscópico punto de esperanza en el agujero negro de nuestras pupilas.

Bajé las escaleras convertido en alguien distinto, no sabía si mejor o peor, pero distinto. Antes que esto, habría preferido que Erika me hubiese confesado que en realidad no me quería, o que prefería a otro, o alguna de las películas que me había montado yo. La realidad me había golpeado por sorpresa, aunque ni de lejos tan fuerte como a ella. Salí a la calle y sentí miedo: por lo que me podía pasar, por lo que me había podido pasar sin yo saberlo y, sobre todo, por lo que podía estar a punto de pasarle a Erika. Miré a mi alrededor: no parecía haber nadie sospechoso; aunque, claro, no iban a ser tan tontos como para dejarse ver. Invadido por el agobio de creerme observado por todas las personas de la calle, incluso por ventanas, árboles, farolas y arbustos, me lancé en una carrera desesperada hacia mi casa. Si alguien quería seguirme, al menos tendría que sudar. Me reí de mis propios pensamientos, pero con esa risa nerviosa que se usa solo para tratar de engañar al horror.

15

Un hombre con barba se dirigió hacia él. Tenía una llave en la mano.

–Disculpe –le dijo.

Andrés, que no lo había visto llegar y que pensó que lo que brillaba entre sus dedos era una navaja, dio un enorme respingo y se llevó la mano al pecho por el sobresalto.

–¿Tan feo soy? –preguntó el hombre, y se rio tan alto que Andrés temió que fuese a llamar la atención de Henry, aunque estuviesen separados al menos por treinta metros.

Rápidamente cayó en la cuenta: no podía ser otro que el propietario del quiosco de la plaza, en el que ahora mismo estaba apoyado. Necesitaba que se apartase para abrir los candados. Miró la hora: eran las seis menos cuarto de la mañana. En el cielo, ni rastro del día, pero tampoco de estrellas; era el negro sucio de la noche de Madrid.

–Discúlpeme usted a mí, por favor, señor –le dijo mientras se retiraba.

Andrés buscó rápidamente con la vista otra ubicación discreta, y encontró un bar recién abierto justo en el lado opuesto al portal que vigilaba su hermano. Aprovechó para tomarse los dos primeros cafés que servían ese día. Ambos hermanos llevaban toda la noche en la plaza, acechando. Si había vencido al sueño era porque quería descubrir en qué estaba metido su hermano. Nada bueno, a juzgar por esa espera paciente e implacable, como de felino silencioso que sabe que tarde o temprano la presa pasará cerca de él. Saber, además, que Henry llevaba un pistola encima le aterrorizaba. No creyó a su hermano cuando le dijo que había empezado a trabajar en una empresa, y mucho menos cuando le intentó convencer de que solo llevaba el arma para intimidar. En una empresa no podían suministrar pistolas a los empleados así como así: era impensable.

A las seis y media, Andrés abandonó la plaza. A su pesar, tenía que recoger la moto, que estaba aparcada en su casa, e ir a trabajar. Su sentido del deber era enorme. Solo esperaba que la vigilia, y la consiguiente fatiga, no le pasasen factura en forma de accidente. Caminaba pensando que en las casi siete horas que había estado en la plaza no había ocurrido absolutamente nada; a pesar de todo, Henry no le había perdido ojo a la vivienda. Aunque deseaba entender lo que pasaba, una pequeña parte de él se rebelaba, tenía miedo: ojos que se resistían a ver para que el corazón no llegase a sentir... Pero era su hermano, así que sus ojos estaban obligados a ver.

A medida que amanecía, la plaza se iba llenando de ruidos, de gente, de claridad... Las ventanas se abrían al nuevo día, pero la de Luz Celeste seguía cicatrizada. Henry sabía que dentro de unos minutos, en un día normal, ella saldría por la puerta para ir a trabajar, y quería comprobar si era tan osada como para hacer ese día lo mismo.

Un rato después, Henry se tuvo que cambiar de sitio, pues el reflejo encarnado del primer rayo de sol en una de las ventanas del edificio le empezó a incendiar los ojos. A esa hora, Luz Celeste ya tendría que estar incluso en la casa donde servía: la iban a echar de menos.

Un coche de enormes dimensiones, brillante, silencioso, llevaba tres cuartos de hora dando vueltas por Madrid sin un recorrido determinado, sin llegar a ningún destino. Atravesaba las calles a escasa velocidad, frenaba cuando algún semáforo se ponía en ámbar, respetaba escrupulosamente la velocidad máxima permitida, cedía el paso a los que se querían incorporar a la calle... No tenía prisa. Más de un transeúnte lo miraba con cierta admiración (que bastantes veces degeneraba en envidia y, en alguna que otra, rozaba el odio) hacia quienquiera que estuviese en su interior, invisible tras los cristales tintados. El chófer evitaba pasar más de una vez por la misma calle para no llamar doblemente la atención.

En el asiento trasero, de cuero color vainilla, aislados de todo, incluso del propio conductor, K y Jaramillo habían improvisado la reunión que normalmente habrían tenido en la oficina. Ciertos indicios, rumores, detalles, les hacían temer que la policía pudiese estar más cerca de ellos de lo que pensaban, y si bien toda precaución era poca, el negocio no podía detenerse por eso. Habían aumentado la frecuencia con la que cambiaban de móvil, prácticamente a diario; los itinerarios para ir de un sitio a otro cada vez eran más intrincados y se alejaban del camino más corto; incluso K se había hecho acompañar (o más bien preceder) por otros dos escoltas, que con anterioridad revisaban aquellos sitios para dar el visto bueno.

En esos momentos estarían esperándole, junto con los dos guardaespaldas habituales, en alguna acera de la ciudad.

Agotados ya todos los temas importantes (entre otros, la necesidad de cambiar de oficinas en breve), K activó el interfono y le indicó al chófer que ya podía volver. Luego se giró hacia Jaramillo.

–Y el colombianito, ¿cómo va? –le preguntó con tono distendido.

–¿Henry? Le encargué un asunto del que lo más que podemos sacar es la venta de unas niñas a Prost. Es una deuda de viaje, que si esperamos cobrarla con lo que gana la mamá, no recuperamos el capital ni en vida y media. Y con eso anda Henry estos días. Lo tenía que ver, señor, se lo planeó todo él solito.

K se revolvió en el asiento, acomodando su generoso culo.

–Tampoco te ciegues con él.

–Por Dios, usted me conoce bien... Solo quería manifestar sus méritos. Otros, bastante mayores y más sobrados que él, no muestran iniciativa y están molestando con cualquier vaina. Henry se diseñó su estrategia y solo vino a que le diese el okey para llevarla a cabo. Le dije que a ser posible evitase muertes, pero tampoco las descarto.

–Aun así, no te confíes. Es muy pronto para saber por dónde respira.

–Claro. No se va a demorar en reunirse con ellas y ahí estaré yo, escondido, para ver si todo marcha como debe.

K asintió satisfecho, con la cabeza y con la papada.

De la plaza al trabajo y del trabajo a la plaza. Era de noche cuando se había marchado a por la moto y, cuando volvió, se estaban encendiendo las farolas de las calles.

Andrés abrigaba la esperanza de no encontrar allí a su hermano; en realidad, no sabía por qué prefería que no estuviese, pero lo prefería, quizá porque esa sería la excusa perfecta para marcharse a descansar a casa. Aparcó la moto unas calles antes para que Henry (de estar allí) no lo descubriera, porque su moto sonaba todo lo que no corría, la ató a una farola y arrastró su cansancio hasta una de las entradas traseras de la plaza. No encontró a su hermano en el lugar donde lo había dejado esa mañana. Examinó la plaza con más atención y enseguida reconoció su visera entre las sombras de los arbustos del centro: asomaba inmóvil sobre el respaldo de uno de los bancos, y estaba dirigida, como no podía ser de otra forma, al mismo portal.

Henry jugueteaba incansablemente con el bolígrafo: le daba vueltas entre los dedos, se lo cambiaba de una mano a otra, se golpeaba los nudillos de la mano como si fuese un xilófono, lo doblaba hasta que un ligero crujido anunciaba que estaba a punto de partirse... Era el boli el que estaba soportando unos nervios que de espaldas, desde donde vigilaba su hermano, no se podían apreciar. Durante el día no había pasado nada extraño. Como previó, ninguna de las tres se había atrevido a salir de casa. Henry había dejado pasar las horas porque prefería actuar de noche, amparado por la oscuridad y el poco tránsito. Todo había seguido su cauce hasta que a última hora de la tarde había entrado aquel chaval, Alberto, y ahí es donde se le habían disparado todas las alarmas.

Tenía que estar en guardia. Alberto llevaba más de dos horas dentro y, cada minuto que pasaba, el bolígrafo de Henry se movía más rápido. Los párpados de la ventana de Luz Celeste seguían bajados. De pronto, el chaval salió del portal y se lanzó en una desbocada carrera. Henry se levantó como una catapulta y empezó a correr hacia el lugar por donde se perdía Alberto, pero a la quinta zancada se detuvo. Miró hacia el piso de Luz Celeste y decidió quedarse; podía tratarse de una maniobra de despiste. No había contado con esa visita al elaborar el plan, estaba descolocado, tenía que hacer algo con celeridad pero sin precipitación. Después de un par de minutos, decidió sacar el móvil de Erika. Su dedo gordo voló sobre las teclas:

> Vimos salir a Alberto. Si su intención es denunciar, mejor le quitan la idea ya mismito. Terribles consecuencias...

Una vez más, utilizó el plural en su misiva. Quería creer que lo había hecho simplemente para que pareciese que eran muchos quienes estaban tras ellas y así infundirles más miedo; lo que no sabía era que también lo había hecho para sentirse arropado, aunque fuese por miembros inexistentes de la organización.

La luz de las farolas solo conseguía traer un pobre recuerdo del día. Las horas, desde que viera a Alberto salir del portal, pasaban rápidas. Habría deseado que el tiempo hubiese seguido el lento transcurrir de una vigilancia sin contratiempos, y no estar en permanente tensión, como ahora. Henry sacó el cuaderno, y el bolígrafo se estabilizó al fin entre el pulgar, el índice y el corazón.

> ESTA ESPERA ES INNECESARIA. VAMOS A RESOLVER ESTO DE UNA VEZ POR TODAS. ESTA NOCHE, A LAS 2:30, EN EL PARQUEADERO DE LA PLAZA. LAS QUEREMOS VER A LAS TRES JUNTITAS. BAJEN A LA SEGUNDA PLANTA Y CAMINEN HACIA LA DERECHA. CUENTEN VEINTE COCHES Y POR AHÍ

SE DETIENEN. SI PASA ALGUIEN Y LES PREGUNTA, ALGO CASI IMPOSIBLE A ESAS HORAS, LE CUENTAN QUE HAN QUEDADO ALLÁ CON, POR EJEMPLO, EL NOVIO DE SU HIJA. INSISTIMOS EN QUE SI HACEN ALGUNA TONTERÍA, SERÁ LA ÚLTIMA QUE HAGAN. LEVANTEN LA PERSIANA HASTA LA MITAD COMO SEÑAL DE QUE ACUDIRÁN.

Releyó lo que había escrito, arrancó la hoja de un tirón y la dobló por la mitad. Tenía ganas de entrar cuanto antes al portal, pero no encontraba el momento, siempre había alguien cerca. El bolígrafo volvió a danzar endiabladamente en sus manos. Se repetía a sí mismo que él nunca había sido impaciente, pero por alguna razón inexplicable no lograba serenarse. La experiencia no le había servido de mucho, pues estaba más nervioso ahora que cuando acabó con aquel tipo en el parque, algo que no pensaba que fuese a ocurrir. Quizá aquella vez acudió con la inconsciencia de quien no sabe exactamente lo que va a hacer.

La vida en la plaza se fue apagando lentamente. Henry tenía en la misma mano el papel escrito y la tarjeta de crédito. Solo después de comprobar que ya apenas pasaba gente, decidió levantarse. Caminó hacia el portal como si pasara por ahí, sin prisa. Nada más llegar, hizo como que pulsaba un botón del telefonillo y, durante la fingida espera, se dio la vuelta y comprobó que ni lo miraban ni había nadie tan cerca que pudiese llegar al portal antes de que él abriese la puerta. Esta vez no tardó nada en entrar, echar la carta y volver a salir. De nuevo utilizó el móvil de Erika para decirle a *Mamá* que bajase al buzón; de nuevo la luz del portal que se enciende; Luz Celeste que vuelve a asomarse varias veces por el hueco de la escalera antes de correr hasta el buzón, recoger la nota y desaparecer.

La persiana no tardó en subir. Luego fluctuó varias veces, como si Luz Celeste estuviese calculando en qué punto estaba exactamente la mitad de la ventana por miedo a equivocarse. Henry se acercó al último bar abierto y pidió un bocadillo de panceta y queso: no les quedaba; de tortilla: no les quedaba; de chorizo: no les quedaba...

–Pues me pone uno de lo que les quede. ¿El servicio?

–Ahí, en la puerta esa del fondo. ¿Qué le pongo para beber?

–Un vaso de agua. Ah, y el bocadillo me lo envuelve para llevar.

El camarero se dio la vuelta y refunfuñó, pero Henry no pudo escucharle. Cerró el pestillo, echó una larga meada y cargó la pistola. Cuando salió, el bocadillo le esperaba en la barra, envuelto en papel de plata, junto al vaso de agua. Pagó, bebió el agua de un trago y se despidió del camarero, que hizo amago de decir algo pero las palabras se le cayeron de la boca directamente al delantal.

Henry volvió al banco, pero antes de sentarse sacó su móvil y marcó por primera vez el número de Jaramillo.

–Qué hubo, pues, Henry –su voz sonaba casi amigable al otro lado.

–Todo listo para esta noche.

–¿A qué hora?

–A las dos y media –le informó.

–¿Dónde se van a encontrar?

–En un parqueadero que hay acá, en la plaza.

–Pero habrá quedado en algún sitio en concreto, ¿no?

Por un instante, Henry se extrañó. Siempre le había exigido discreción al teléfono, y ahora le estaba pidiendo demasiados detalles.

–Sí, en la segunda planta, a la derecha.

–Óigame: cuando esté resuelto, se espera un par de minutos y me vuelve a llamar. Si es preciso, me acerco luego con el carro para recogerlo a usted y a la niña, o a las niñas. ¿De acuerdo?

–Perfecto.

Respirando cerca de mí

16

Me levanté con una mezcla de angustias: la que arrastraba de la pesadilla persecutoria que había tenido y la que renacía con el día, la real. Había dormido poco y me dolía el pecho al respirar. Salí de la cama con una cara de sueño que ni veinte lavados con agua helada me podrían haber quitado. Hice todo lo que haría una mañana cualquiera: me duché, desayuné, me vestí... Pero algo dentro de mí estaba en plena ebullición, como si mis entrañas se hubiesen introducido en el microondas junto al tazón de leche. Pensaba en Erika, trataba de atrapar su imagen anterior a que me contase todo, pero no podía, el rostro que aparecía ahora venía emborronado por una historia espantosa. Había recorrido los últimos años engarzando penas.

La noche pasada, mientras corría como perseguido por toda la corte oscura, recibí una llamada de un número oculto. Era Erika, llamaba con el móvil de su madre. Me dijo que no había pasado nada, pero que si estaba bien. Yo, como casi todo el mundo cuando lo primero que te dicen es «no ha pasado nada, pero...», me acojoné más de lo que ya estaba, y luego descubrí el motivo. La organización me había visto salir, sabían hasta mi nombre, y podían estar yendo tras de mí; por último, me obligó a prometer que iría directamente a mi casa. Aquí me sentí un poco culpable, tengo que reconocerlo, pues acepté como apesadumbrado por no poder ir a la comisaría, cuando mi única intención había sido llegar a casa cuanto antes, incluso antes de que me avisase. Me sentí culpable, sí, pero vencer un miedo como el que llegué a sentir no es nada fácil.

Al día siguiente, caminaba a paso ligero hacia el instituto, temblando. Cada persona era un potencial asesino, un pistolero contratado para aniquilarme. Solo pedía que por lo menos lo hiciese de manera certera y rápida, que no sufriese al morir. Tenía los cinco sentidos tan alerta que puede que percibiesen más de lo que realmente ocurría: pisadas que se acercaban, bultos extraños dentro de las chaquetas y los jerséis de los peatones, miradas que me estudiaban de arriba abajo, persianas que se bajaban justo cuando miraba hacia arriba, coches que pasaban junto a mí a una velocidad irregularmente lenta, alguien que hablaba por teléfono pero que en realidad me estaba sacando fotos, un mendigo con ojos de espía, una pareja que disminuía el paso para ponerse a mi altura...

Mis paranoias se quedaron en la puerta del instituto. O eso pensaba yo hasta que llegó el primer cambio de clase y, antes de reunirme con los amigos, corrí hacia la ventana más cercana para asomarme a la calle. Me fijé sobre todo en las personas que estaban paradas de un modo sospechoso, que parecían no hacer nada, y traté de identificarlas, de confirmar si las había visto con anterioridad. Pero no estaba tan cerca como desearía, y la conclusión que sacó mi aprensiva cabeza es que absolutamente todos se habían cruzado conmigo en los últimos días.

Las clases no fueron más que paréntesis obligatorios para mis inspecciones por la ventana. Todas habían terminado con el mismo resultado: sospechas generalizadas, así que cuando salí del instituto lo hice con el mayor número de compañeros posible. La calle era una inhóspita jungla. Algunos de mis amigos me preguntaron qué me pasaba.

–Nada, nada, que he dormido mal hoy –les dije, mientras pensaba que no podía contarles la verdad y que, aunque hubiese podido, quizá no me habrían creído.

–Estás como ido, Alberulo.

A medio camino, ya solo quedaba un amigo junto a mí, y se acercaba el lugar en el que teníamos que separarnos: estaba a punto de quedarme solo. Caminaba como lo haría un condenado a muerte cuyo único horizonte es la silla eléctrica que ve al fondo. Lo primero que se me ocurrió fue decirle a mi amigo que le acompañaba a casa, pero me contuve. Estaría en las mismas, igualmente tendría que ir solo a la mía después, era retrasar el momento por retrasarlo.

–Venga, Alberulo, mañana nos vemos –me dijo.

–Hasta mañana –balbuceé.

–Y descansa bien, que hoy parece que solo ha venido un trozo de ti.

Me reí con una sonrisa desangelada. En cuanto le perdí de vista, empecé a correr. Si de algo me estaba sirviendo la experiencia, era para conocerme mejor. Antes podía intuirlo, pero ahora lo había confirmado: era bastante cagueta. Pero es que no estábamos hablando de robar en el centro comercial, saltar del trampolín más alto de la piscina o cruzar por las vías al andén de enfrente: esto era muchísimo peor. Habría que ver a los valentones del grupo en mi situación. En un punto del recorrido y de mis pensamientos, desvié la dirección de mi carrera. Aunque no había sido un acto totalmente consciente, sabía por qué lo había hecho. Algo dentro de mí se había revelado. No aguantaba estar quejándome tanto de mí y tan poco de Erika. Pensar en ella y rectificar el rumbo de mis pasos fueron uno.

Exhausto, alcancé el portal de Erika y llamé al telefonillo sin detenerme ni a tomar aire.

–¿Quién es? –reconocí enseguida la voz de pito del enorme compañero de piso.

–Soy Alberto. ¿Está...?

–Suba –me dejó con la palabra en la boca.

Llegué al cuarto piso con zancadas de tres escalones cada una. Llamé al timbre y vi cómo el puntito de luz de la mirilla se volvía oscuro. Al instante se abrió la puerta. Miré hacia arriba y detecté en la cara de aquel hombre algo extraño que no supe precisar. Le pregunté por Erika.

–No se encuentra –se limitó a decir.

–¿Me podría decir dónde está?

–Pase.

Me condujo al salón. En la casa había un silencio extraño, teniendo en cuenta la cantidad de gente que vivía allí. En vez de ir a avisar a Erika, se sentó a mi lado.

–Sabíamos que vendría. Esta mañana, cuando nos hemos levantado, bien temprano, no estaba ninguna de las tres, y aún no han regresado –mis párpados se separaron como si se repeliesen–. Aparentemente, dejaron todas sus cosas tal cual. Ya nos extrañó que ayer Luz no fuese a trabajar. No más nos dijo que se encontraba mal.

Recordé que Erika me había dicho que, aparte de ellas, yo era el único que sabía lo que pasaba.

–¿Y cómo sabíais que yo iba a venir? –le pregunté.

El hombre señaló con la cabeza un sobre que había en la mesita, delante de mí, que decía: *Para Alberto. Vendrá pronto a por él.* No me había dado cuenta, quizá lo había visto sin verlo. Lo abrí con cuidado, como si temiese hacerle daño. Saqué una hoja, la desdoblé y leí:

Querido Alberto:

No sabemos qué nos va a pasar. Es de noche y te escribo estas palabras atropelladas porque en escasos minutos tenemos que bajar a encontrarnos con ellos. Si estás leyendo esto, no puedo decirte que todo haya ido bien. Puede que, con suerte, las cosas hayan salido solo mal; pero también que hayan salido mucho peor. No lo sé. Sea lo que sea, quiero que recuerdes lo felices que hemos sido y que no te tortures pensando en otra cosa. Tú lo tienes todo para ser feliz. Aprovéchalo. Cuando te conocí (parece mentira que no haga ni una semana) sabía que esto podía ocurrir, pero aun así lo quise vivir. Y no me arrepiento. Me tengo que marchar...

Después de todo, te amaré...

Erika

Las palabras no me llegaban a la boca, sino que subían licuadas hacia mis ojos. Antes de que el hombre me viese llorar, guardé la carta, me despedí precipitadamente y abandoné el piso. Bajé las escaleras derrotado, impotente, como una marioneta con los hilos cortados, un balón desinflado o un helado derretido. Me dejé caer en el último escalón, y lloré como no recordaba haberlo hecho nunca, como si ya nunca pudiese dejar de llorar. No podía pensar, mi vida se acababa de quedar en blanco.

Al salir del portal, bastantes minutos después, el aire de la calle empujaba hasta mis oídos palabras sueltas y temblorosas pronunciadas por una anciana a una amiga: «esta noche», «aquí abajo», «policía». Al principio no les di importancia y emprendí mi arrastre, pero unos metros más adelante las relacioné con los gestos de un hombre que le explicaba algo a una mujer. Movía mucho las manos. Y señalaba la entrada de un aparcamiento; de vez en cuando, su mano tomaba la forma de una pistola, para luego hacer el gesto de «no veas». Sin dudarlo me acerqué a ellos, que al verme se sobresaltaron. No me extrañó; debía de estar demacrado.

–Perdonen, ¿me podrían decir si ha pasado algo allí? –señalé a la entrada.

–No lo sé seguro, he oído versiones para todos los gustos, ya sabes cómo es la gente, que no puede contar algo sin añadir de su propia cosecha –el hombre se adjudicaba orgulloso el protagonismo de quien sabe algo que el resto desconoce–. Una vez, en verano, tuve un accidente en el pueblo porque se me partió un amortiguador. Pues a las once de ese mismo día, ya me estaba diciendo la gente que no se puede conducir borracho. ¿Tú te crees?

Su rollo me impacientaba. Asentía a todo para ver si iba al grano de una vez, pero al final le tuve que repetir mi pregunta. El hombre dio un pequeño respingo al descubrir que su historia no me importaba lo más mínimo.

–En lo que coinciden todas las versiones es en que anoche, ahí abajo, en la segunda planta del aparcamiento, hubo disparos y muertos, no me preguntes cuántos. Algunos hablan de tiroteo y masacre, y otros, de un par de disparos y un solo cadáver, pero en realidad hablan de oídas –hizo un gesto de desprecio.

«Pues como tú, imbécil», pensé, pero no me detuve en eso. Había algo que me preocupaba con desesperación.

–¿Y de qué se habla: de muertos o de muertas? –le pregunté.

–Hasta ahí no llego.

Unas cuantas frases más me terminaron de convencer de que no iba a sacar más información útil de ese tipo. Así que me di la vuelta y me alejé sin despedirme ni darle las gracias. La anciana a la que había oído al salir del portal ya no estaba. No me quedaba otra que bajar al aparcamiento. Volé sobre los escalones, atravesé el descansillo del primer sótano, con dos máquinas de refrescos y otra para pagar el tique, y me lancé al segundo tramo de escaleras hasta llegar a una puerta. A la izquierda, columnas y coches; a la derecha, lo mismo. El techo era claustrofóbicamente bajo. Solo al fijarme con más detalle descubrí en el suelo, alejado, un montoncito de algo que no alcanzaba a identificar pero que parecía reflejar la luz de los fluorescentes, como si estuviese húmedo o fuese de plástico. Recorrí los metros que me separaban de aquello: era un trozo de cinta policial, de la que se usa para delimitar la escena del crimen, hecho un gurruño. Miré a mi alrededor, pero no vi nada que arrojase la mínima luz sobre lo que allí había pasado. Me separé del precinto caminando en espiral, sin quitar la vista del suelo. Antes de dejar atrás una pequeña mancha de aceite agarrada al asfalto, descubrí que emitía un leve destello rojizo. Me agaché y pasé con fuerza sobre ella el dedo índice. Lo levanté y me enfrenté a él. Me estremecí al comprobar que era sangre reseca. Acerqué el dedo a mi nariz, como si la sangre fuese a mantener el olor del cuerpo que regaba, pero no olía a nada. Completé la inspección sin otros resultados. La policía (y el servicio de limpieza) se habían asegurado de no dejar más rastros.

Salí de allí y la calle no me libró de la claustrofobia del aparcamiento. Los edificios parecían echárseme encima. Caminé hacia mi casa, ahora sin miedo pero con algo mucho peor: desesperanza infinita y pena inconsolable. De vez en cuando caía una lágrima y me entraban ganas de chillar con todas mis fuerzas y de pegar puñetazos a lo primero que pillase. Me costaba no hacerlo. Quizá fue el momento de mi vida en que más cerca he estado de volverme loco. El barrio, Madrid, España, el mundo... Era todo tan grande... Quizá jamás volviese a ver a Erika. Y lo que era mucho peor: quizá Erika ya no pudiese ver a nadie más en este mundo de vivos.

Entré en casa con cara de funeral. Mi familia estaba muy preocupada: me habían visto pasar de la alegría más desbordante a la pena más profunda en cuestión de días. Insistieron en que les contase lo que me pasaba. No me apetecía, no quería, quizá ni siquiera habría podido. Solo deseaba encerrarme en mi cuarto, hacerme pequeño, desaparecer. Y no pensar. Sobre todo, no pensar, porque no sabía lo que podía encontrarme al final de mis pensamientos. Desde luego, nada bueno.

17

A la una de la madrugada, Jaramillo abandonó La Cueva de Morgan con tres copas en el cuerpo: dos recorrían ya su sistema circulatorio y la tercera aún gorgoteaba en el estómago. En otras circunstancias no se las habría tomado, pero sabía que esa noche no tenía nada que temer. Henry cumpliría fielmente, estaba convencido. Caminó hasta su coche entre grupos de jóvenes desenfocados y gritones.

Dio un par de vueltas por el barrio para cerciorarse de que nadie lo seguía antes de dirigirse a la plaza. El acceso para coches se encontraba en una de las calles que desembocaban en la plaza. *Libre,* vibraban las letras verdes en el cartel luminoso de la entrada. Había preferido llegar con algo de tiempo para estudiar el terreno y no coincidir ni con Henry ni con el objetivo. Detuvo el coche frente a la barrera, bajó la ventanilla, pulsó un botón de la máquina expendedora y recogió el tique. Entre todas las plazas vacías que había en la primera planta escogió una no muy visible, a medio camino entre el descansillo donde se pagaba y la salida de vehículos. Recorrió el aparcamiento sin salir al exterior. La inspección solo le sirvió para corroborar lo que le dijese Henry: que constaba de dos pisos no muy grandes; que por la noche, los días laborables, no había vigilancia y la garita donde solía haber una persona para cobrar estaba vacía, y que solo había dos posibles vías de escape, la peatonal y la de coches, en el ala izquierda (por eso había citado a las chicas en la derecha). Además, Jaramillo anotó mentalmente que era un lugar muy propicio para robar coches.

La luz del portal se encendió, y Henry se escondió tras el arbusto más cercano a la entrada del aparcamiento. Solo podía ver pedacitos luminosos entre las hojas. No le hacía falta más: eran alrededor de las dos y media y, por tanto, costaba pensar que se tratase de otras personas. Nervioso, se rascó con violencia los cuatro pelos de su perilla. Repetidos parpadeos de luz le indicaron que alguien se movía en el espacio iluminado del portal. Los golpes de la puerta al abrirse y volverse a cerrar rompieron el silencio de la noche. Solo entrevió pequeños fragmentos de los tres cuerpos a través del arbusto. A medida que se acercaban a la entrada del aparcamiento, Henry giraba para evitar ser visto. El sonido de sus pasos se perdió escaleras abajo. Dejó pasar unos segundos y abandonó su parapeto. Con escrupuloso cuidado, y una mano en el bolsillo aferrada al mango de la pistola, se asomó a las escaleras. Nadie. Comenzó a bajar. Primero apoyaba la puntera en el escalón y luego el resto del pie. Un molesto zumbido recorría el aparcamiento, como si la electricidad quisiera salirse de los cables. En el descansillo del primer sótano no había rastro de ellas. Giró y siguió bajando hasta el segundo con idéntico cuidado. No se oía ni una pisada, ni una voz. Debían de estar mudas de pánico. El descansillo de la segunda planta era aún más oscuro que el de la primera, y al murmullo se unía el parpadeo de un par de fluorescentes con el cebador estropeado.

Asomó un instante la cabeza hacia la derecha, y tuvo que volver a hacerlo para comprobar que lo que había visto era real. En medio del carril delimitado por coches y columnas solo estaba Luz Celeste, con la cabeza gacha. En esa posición, su cuerpo parecía aún más pequeño de lo que en realidad era. El pelo le caía a ambos lados del rostro, casi lo cubría por completo, y resultaba imposible adivinar su expresión. Henry llevaba sudando un buen rato, pero solo entonces se dio cuenta. Negó reiteradas veces con la cabeza. Juraría haber visto a las tres desde detrás del arbusto, pero ya no estaba seguro de nada. Ahora le tocaba recomponer sus ideas y afrontar la nueva situación. Segundos después, salía decidido al encuentro de la mujer.

Al oír sus pasos, Luz Celeste levantó la vista y el pelo resbaló por sus mejillas. Sus ojos eran inexpresivos, lejanos. Un escalofrío sacudió a Henry. A la escasa luz del aparcamiento, la figura menuda de Luz Celeste se le apareció de pronto como la del fantasma en que se convertiría justo en el momento en que le disparase. Se detuvo a escasos cinco metros de ella, que seguía mirándole con esos ojos del más allá que Henry sabía que le perseguirían día y noche. Luz Celeste carraspeó y tomó aire.

–Acá estoy –y abrió las palmas en señal de ofrecimiento.

–¿Y sus hijas?

Luz Celeste se las imaginó fugazmente, agazapadas en el rincón más oscuro del primer sótano, temblando de terror mientras esperaban oír el disparo que anunciase que su madre acababa de morir. En ese momento, tal como les había ordenado, no deberían pensar en nada, simplemente tendrían que escapar a todo correr hasta que encontraran un taxi que las llevara a la estación de tren más cercana. Llevaban encima todo el dinero que Luz Celeste había podido reunir. No era mucho, pero les serviría para subsistir una temporada y pagar unos billetes hacia cualquier destino, daba igual, el caso era poner kilómetros de por medio. A Luz Celeste la afligía más el sufrimiento de sus hijas que su propia muerte. Solo esperaba que fuesen capaces de hacer de tripas corazón, que se abstrajesen de su infausta suerte que parecía empeñada en señalar los hitos de su vida con balazos, y que supiesen que su madre no se iba a quedar tirada en un sucio aparcamiento a ocho mil kilómetros del pueblo que la vio nacer, sino que las acompañaría allá donde fueran.

–No he querido que me dijesen adónde iban –respondió Luz Celeste–. Así me torturen, no sacarán nada de mí.

La primera frase era falsa, pero no la segunda.

–No ha cumplido con lo pactado, señora.

–Y estoy dispuesta a pagar –volvió a ofrecerse, casi suplicando el disparo.

Henry sacó de su bolsillo la mano, fundida con la pistola. Luz Celeste cerró los ojos y volvió a agachar la cabeza, con una tranquilidad sobrecogedora. En Colombia ya le habían quitado más de media vida; tampoco le resultaba tan grave que le quitasen el resto.

–Morimos allá y morimos acá –estaba murmurando.

–¡Vete! –gritó Henry, con tanto miedo como si acabase de disparar.

Luz Celeste se asustó al escuchar aquella voz en lugar de un disparo y abrió los ojos. La incredulidad y la incomprensión más absolutas asomaron a la parte de su rostro que dejaba ver el pelo. Tardó un instante en reaccionar, pero tan pronto como se dio cuenta de la situación, salió corriendo. Durante un segundo eterno y mudo, en uno de esos desdoblamientos del tiempo en que todo parece suspendido, sus miradas se cruzaron a menos de un metro de distancia. Tras las tormentosas nubes que se retorcían en los ojos de Henry se intuía una extraña calma; los de Luz Celeste recorrieron el camino que llevaba del miedo a la esperanza de la mano del agradecimiento. Nunca llegaría a saber con detalle todo lo que aquel colombianito desgarbado, que se quedó en el segundo piso mientras ella huía escaleras arriba, acababa de dar por las tres.

Henry sacó el teléfono móvil para llamar a Jaramillo e inventar cualquier contratiempo que le hubiese impedido llevar a cabo el plan. Pero justo cuando se dio cuenta de que ahí abajo no tenía cobertura y se disponía a colocarlo de nuevo en su bolsillo, sonó una detonación y el móvil saltó en pedazos en su propia mano. Al mismo tiempo, sintió un pinchazo ardiente en el abdomen. No sabía que un disparo doliese tan poco. Su pistola y lo que quedaba de su teléfono cayeron al suelo a la vez. Oyó los gritos sofocados de niñas en el piso de arriba y se llevó la mano a la herida. Sus dedos se empaparon de su propia sangre, densa y caliente. Se apretó con fuerza, tratando de contener la vida dentro de su cuerpo.

–Lo creí diferente y resultó un gonorrea –la voz de Jaramillo inundó el aparcamiento.

Henry levantó la vista. Pudo verlo, velado por la bruma de su mareo, saliendo entre dos coches con la pistola aún apuntando hacia él.

–¿Qué pasó, Henry? –la sonrisa de Jaramillo no era capaz de borrar el profundo rastro de decepción. Miró hacia arriba, de donde llegaba el rumor de la huida de Luz Celeste y sus hijas, pero no le importó–. Para la organización, usted era mucho más importante que ellas. Pudo haber llegado a ser muy grande, Henry, muuuy grande. Pero la cagó, y bien prontito. ¿Fue que le pagaron, tuvo reparos porque eran compatriotas, o es que se enamoró de la chiquita? ¿Qué hubo, Henry, qué hubo? ¡No entiendo!

El cansancio no le ayudaba a razonar con claridad. Hacía escasos minutos que había visto salir de un portal a una mujer con las que, presumió, serían sus dos hijas. Se habían metido en el aparcamiento y tras ellas, como un depredador nocturno, había ido Henry. Antes de perderlo de vista, Andrés reparó en que su hermano llevaba la mano en el bolsillo que más abultaba, sujetando a buen seguro la pistola. Esa que él había sostenido entre sus dedos y que no había tenido la valentía suficiente para destrozar o esconder, o simplemente no devolvérsela. No sabía qué hacer, si dirigirse a la policía o bajar en su busca. Trataba de pensar, pero las dudas le inmovilizaban. De pronto, escuchó en el interior del aparcamiento el ruido amortiguado de un disparo y el grito de las niñas. Sin siquiera sopesar el peligro que podría correr, se adentró en el subterráneo. A mitad de la escalera, oyó cómo una marabunta de pasos se le acercaba. Se quedó paralizado. Eran la mujer y las dos niñas que había visto antes salir del portal. Al encontrarse frente a él, se detuvieron y gritaron aterrorizadas: le debían de haber tomado por alguien que no era, quizá algún compañero de Henry. Cuando comprobaron que estaba casi tan asustado como ellas, reanudaron su frenética carrera hacia la calle. No se entretuvo mucho en el primer piso, solo un vistazo rápido para verificar que estaba vacío. En el segundo, sin embargo, se tuvo que agarrar al marco de la puerta para no caerse cuando comprobó que su hermano se encontraba de espaldas, encogido, como si quisiese envolver sus brazos con el cuerpo. Había sangre en sus ropas. Enfrente estaba Jaramillo, que para Andrés no era más que la silueta de un hombre que se acercaba a su hermano encañonándole con su pistola. Tenía que conjugar rapidez y precaución, si no quería quedar a merced de aquel tipo.

–K le dejó bien claritas las normas, ¿no es cierto?

Le pareció que el acento de aquel tipo era también colombiano. Henry no parecía tener fuerza ni para asentir. Andrés se desesperaba. Si salía, estaría vendido; pero si no hacía nada, el que estaría del todo perdido sería su hermano.

–Me duele, Henry, créame lo que le digo –continuó Jaramillo–, pero como dijo alguien: lo que no sirve, mejor que no estorbe.

Las últimas palabras quedaron como un débil murmullo ante el estruendo del disparo, a bocajarro, certero al corazón. Esta vez Henry sí que notó el impacto, el crujir de sus costillas ante el imparable avance de la bala y, por último, un ardor que inundó su pecho. Y nada más. Cuando cayó al suelo, en una postura imposible y excesivamente dolorosa para cualquier persona, Henry ya no podía sentir nada.

Un grito desgarrador recorrió el aparcamiento como una lengua de fuego. Cegado por la furia, Andrés arrancó una carrera suicida hacia Jaramillo, que todavía no sabía muy bien qué estaba pasando, pero que por instinto dirigió su arma hacia aquel león que se le acercaba y disparó. La bala le rozó el hombro, llevándose consigo un trozo de piel, pero Andrés ni se inmutó. Cuando estás al límite del dolor, nada puede dolerte más. Jaramillo quiso volver a disparar, pero ya le tenía encima, literalmente encima, pues acababa de saltar sobre él. Ambos cayeron al suelo, o mejor dicho, Jaramillo cayó al suelo y Andrés cayó sobre Jaramillo, tratando de infligir el mayor daño posible. Sin darle tiempo a rehacerse de la costalada, Andrés comenzó a descargar una sucesión de puñetazos sin medida, con una furia desconocida, que no se habría atrevido ni a imaginar que poseía. Con cada puñetazo notaba que la cara de Jaramillo se deformaba un poco más. Tenía la nariz partida, los pómulos hundidos, la boca abierta o descoyuntada, y la sangre, que brotaba de distintas partes de su cuerpo, salpicaba con cada sacudida. Cuando notó que el cuerpo apaleado perdía cualquier tensión de resistencia, se levantó a por la pistola, que mantenía el calor de la mano que la había disparado. Colocó el cañón con cuidado entre los ojos de Jaramillo, que yacía en el suelo. Andrés rozó el gatillo con el índice, pero enseguida se dio cuenta de que no iba a ser capaz de disparar. Apartó la pistola de ese rostro cárdeno e hinchado y le propinó un par de violentos puntapiés. Jaramillo no era ahora más que un saco de carne y huesos que a duras penas respiraba.

Andrés se dejó caer en el suelo y se vació en un llanto sin alivio posible. Se arrastró hasta donde estaba su hermano y, como si estuviese en el tanatorio preparando el cadáver, le tumbó bien, le colocó la visera recta, le juntó las piernas... le bañó de lágrimas.

De pronto, alguien se le echó encima. No podía ser Jaramillo, pues seguía tirado, enfrente. Andrés se revolvió por instinto, pero sin fuerza. Le inmovilizaron y notó algo frío en las muñecas. Era la policía, y a juzgar por su actitud, le habían tomado por el principal sospechoso.

Después de explicarles lo sucedido, simplemente la verdad, los policías detuvieron también a Jaramillo, a quien ingresaron directamente en el hospital penitenciario. Condujeron a Andrés a la comisaría para tomarle declaración y retenerle en una celda hasta que las pruebas terminasen exculpándolo definitivamente y quizá para iniciar los trámites de la expulsión. La única llamada que hizo desde allí fue a la única persona que realmente la esperaba: María. Le explicó confusamente la situación y le pidió, por lo que más quisiera, por él, por ellos, que acudiese a su trabajo y le dijese a su jefe que, si deseaba seguir contando con él en la empresa, le preparase un contrato. De no conseguirlo, con toda seguridad le harían tomar el camino de vuelta a Colombia. Cuando colgó, Andrés tenía alguna duda de que su jefe finalmente accediese. María, que mientras escuchaba a su novio ya había empezado a arreglarse para salir, no tenía ninguna: lo conseguiría.

18

Me salía de la carretera, tomaba las curvas sin frenar, me estampaba contra los árboles, contra los coches que venían de frente, derrapaba, daba vueltas de campana, me caía por barrancos...

–¡Vaya mierda de juego!

Tiré el mando de la consola y dejé solo a Culo, que se quedó mirándome asustado. Me fui a mi cuarto y me tumbé en la cama. Introduje la mano en uno de mis bolsillos: allí seguía el móvil. Estaba obsesionado con que me lo dejaba en cualquier parte, lo perdía y desaparecía así cualquier vínculo posible (si es que quedaba alguno) entre Erika y yo. Cogí la radio y me coloqué los cascos. Cambiaba incansablemente de emisora en busca de alguna noticia de lo ocurrido el día anterior, pero un escándalo político-económico que me la traía al fresco acaparaba toda la atención. ¿Qué podía hacer antes de enloquecer? ¿Dónde estaría Erika? ¿Estaría bien? ¿Estaría...? Eran las preguntas que martilleaban mi cabeza desde que viera, y tocara, aquella mancha de sangre agarrada al asfalto. ¿Quién habría dejado su vida en el aparcamiento? Si Erika había sobrevivido, la buscaría por todos los puticlubs del país, me decía convencido, pero enseguida la idea caía por su propia irracionalidad.

Apagué la radio y en el silencio de mi cabeza solo quedaron mis pensamientos huérfanos. Me incorporé. Lo acababa de decidir. Iba a acercarme a la comisaría más cercana a contar todo lo que sabía de Erika. Puede que les fuese de utilidad, y que me dijesen entonces qué había sucedido realmente en ese aparcamiento. ¿Qué podría pasar si lo hacía? O que mi declaración no sirviese para nada y todo quedase igual; o que sí sirviese, en cuyo caso quizá pudiesen detener a los culpables y que pagasen por lo que habían hecho. Lo único malo era que si estaban vivas y la policía las encontraba, seguro que las mandaban a Colombia. Y aunque un océano para un enamorado no sea más que un charco, había que reconocer que disminuían seriamente las posibilidades de volverla a ver... Pero al menos ella sería libre.

Salí disparado; todo el tiempo que perdiese podría ser vital. En la puerta de casa me encontré con mi madre, que venía de la calle. Me miró con preocupación acumulada (aunque no les había contado nada, hay cosas que son imposibles de ocultar), pero intentó sonreír para quitarle hierro al asunto. Rebuscó entre las cartas del banco y la publicidad y extrajo una, que me tendió.

–Anda que cómo estás, hijo. Mira que mandar una carta sin destinatario y sin sello. ¿Cómo querías que llegase a alguna parte?

Me detuve en seco, extrañado, y cogí la carta. Al ver mi nombre y mi dirección en el remite, el corazón se me encogió. Habría reconocido esa letra entre un millón de letras distintas; es más, habría reconocido un solo trazo de una sola de sus letras entre cien mil millones de trazos de cien mil millones de letras. Volví a mi cuarto y por el camino fui desgarrando el sobre, con cuidado pero con ímpetu. Extraje una sola hoja. La encabezaba una fecha de hacía unos días, concretamente del día siguiente a que me pidiera la dirección en El Lío, cuando todavía creía que Erika no tenía motivos para no ser feliz.

Empecé a leer y sentí cómo sus palabras, además de por los ojos, me entraban por el oído. Las leía susurradas cerca de mí.

Hola, Alberto:

Esto es una prueba. A ver si te llega, je. En una película oí que si pones en el remite la dirección del destinatario y no pones sello, le llega la carta como si fuese devuelta.

Solo hace dos días que te conozco. Quizá te parezca precipitada (yo también lo pienso; de hecho, todavía no sé si te mandaré esta carta), pero he sentido algo muy poderoso junto a ti que no sabría explicar. Dada mi situación, era impensable que esto me sucediese, pero se me figura que nos necesitábamos aun sin conocernos. Como me dijiste ayer, somos dos personas que, arrastradas por el torbellino del azar, se han encontrado en la infinita soledad del mundo. Aún tiemblo al repetirlo.

No me voy a enrollar mucho porque quizá este método ni siquiera funcione y estas palabras que escribo se pierdan entre toneladas de papel y nunca lleguen a tus manos.

Para despedirme, acá te va un trozo de un poema que me ha encantado especialmente. Es de Neruda y se llama «Integraciones». Aunque no esté entre sus mejores poemas, sí es el que mejor refleja mi situación, sobre todo luego de conocerte. Habla de amor entre personas de lugares distintos, de lo cerca que pueden estar dos personas que están muy alejadas, de cómo puede florecer la ternura en medio del terror... No te lo he puesto entero para no saturarte, jeje.

Justo cuando iba a empezar a leer el poema, noté en mi bolsillo la vibración del móvil. Algo iba a llegar: una llamada o un mensaje... Tras un segundo infinito, empezó a sonar la melodía de la llamada: *Identidad oculta.*

–¿Sí?

–¿Alberto?

–¡¡¡Erika!!!

Su voz, los bellos labios que acababan de pronunciar mi nombre, su recuerdo inmediato, ella entera, se derramó por todo mi cuerpo, estremeciéndome. Cuando conseguí recuperarme del impacto, me lancé a preguntar:

–¿Estás bien? ¿Estáis las tres bien? ¿Dónde estáis? ¿Puedo verte? Necesito verte. Dime dónde estás y voy para allá. ¿Estás bien? ¿Qué te ha pasado?

Oí un conato de sonrisa al otro lado del teléfono. Al menos no parecía haber perdido el humor, lo cual era una buena señal, pues no me la imaginaba riéndose en un club de carretera.

–Tú impaciente, como siempre... Estamos infinitamente mejor de lo que augurábamos, desde luego. Gracias a un chico colombiano que dejó marchar a mi mamá, estamos las tres juntas, y espero que esta vez a salvo. Pero estamos fuera.

–¿Fuera de dónde, de qué, de Madrid, de España, de Europa?

–Nooo, estamos en España, pero no puedo decirte el lugar. Entiéndelo. Es mejor inclusive para ti que no lo sepas. Si vinieses, podrían seguirte. Hay que dejar pasar un tiempo.

Iba a insistir para ver si conseguía que me lo dijese, pero desistí. Erika no podía tener más razón.

–Precisamente acabo de recibir tu carta, sin sello y sin destinatario. Cuando me pongo a leerla, vas y me llamas. Yo creo que estamos comunicados de alguna forma desconocida.

–¿Un hilo directo más allá de cualquier ley física, un camino fuera del espacio y el tiempo? –me soltó, y sin ser escritora, por lo que tenía mucho más mérito.

–Eso mismo quería decir.

–Y la carta... Te llegó al fin, qué bueno. Ya no me acordaba de ella.

–No me extraña, después de todo lo que te ha pasado.

–Léeme el poema.

–Es que me da corte.

–Andaaa.

–Si ya sabes que la poesía a mí... –traté de defenderme, pero ya sin convicción.

–Porfaaa, Alberto.

Cogí la hoja con la mano que me quedaba libre, la coloqué sobre mis muslos y la letra de Erika revivió en mis oídos. Comencé a leer en voz alta, pero despacio, tratando de entender algo de su significado, teniendo en cuenta de lo que me había dicho ella que hablaba:

–Después de todo te amaré / como si fuera siempre antes / como si de tanto esperar / sin que te viera ni llegaras / estuvieras eternamente / respirando cerca de mí. (...) Cerca de ti es cerca de mí / y lejos de todo es tu ausencia (...) El miedo es también un camino. / Y entre sus piedras

pavorosas / puede marchar con cuatro pies / y cuatro labios, la ternura...

–¿Alberto? –preguntó Erika, tras un silencio más largo de lo habitual–. ¿Alberto? ¿Qué pasó?

–Estoy... –dudé si decírselo, pero solo durante una décima de segundo–, estoy llorando.

–Es una poesía no más. Ya sabes que a mí la poesía... ni fu ni fa –me imitó con ironía, pero también con un quiebro de emoción.

–La poesía ha sido solo la última gota... Todo esto, tan rápido, tan nuevo, me ha desbordado, Erika. Siento cosas tan fuertes y tan contradictorias; y ahora, esas palabras...

–¿Crees que la organización se olvidará de nosotras algún día?

–La organización, espero que pronto; yo, seguro que nunca.

–Tengo que colgar –me dijo–. Se me va a agotar el saldo de la tarjeta del celular.

–¿Ya?

–Sí –ahora era ella la que sollozaba al otro lado.

Tras un silencio cargado de intensidad, los dos pronunciamos las mismas palabras al tiempo: «Te quiero», como si las estuviésemos leyendo de un mismo sentimiento, y rompimos a reír entre lágrimas por la coincidencia.

Aunque sabía que ella había dejado de estar al otro lado, me quedé con el móvil pegado a la oreja para captar hasta el último residuo de vibración de su voz.

Deambulé por mi casa sin saber qué hacer ni qué sentir. En una de mis venidas, me crucé con Culo en el pasillo, que me miraba fijamente a los ojos. Yo le revolví el pelo con cariño.

–Culo, perdóname por lo de antes.

–Estás llorando –me dijo.
–Sí –me limité a afirmar.
–¿De pena o de alegría?
–De las dos cosas, Culo, de las dos cosas.
Creo que conseguí sonreír.

Luces

Gótico dice: Hola.

Aarónica dice: ¿Gótico? Pensé que no volvería a saber de ti. Me ha hecho mucha ilusión que me volvieras a agregar.

Gótico dice: Pues aquí estoy. Suerte que me acordaba de tu dirección.

Aarónica dice: Estoy terminando el libro del que te hablé, ese en el que un chico ligaba con una chica por internet... ¿Sigues enfadado conmigo?

Gótico dice: En estos días he agotado mi odio, y no precisamente hacia ti.

Aarónica dice: ¿Qué te ha pasado? Me asustas.

Gótico dice: Veo que sigues con tu manía de preguntar. Jeje. Precisamente quería hablar contigo para responderte a esa pregunta. Tengo una historia y mucho tiempo para contártela (demasiado tiempo, desgraciadamente). Me encantaría que la escribieras.

Aarónica dice: Todo el mundo tiene historias, y para cada uno son las más importantes, es lógico. Pero lamento decirte que yo no suelo escribir las historias que me cuentan, sino las que yo invento.

Gótico dice: Yo te la cuento y tú decides si merece ser escrita.

Aarónica dice: En fin, después de lo que te hice, te debo como mínimo el escucharte, pero ya te digo que no te prometo nada.

Gótico dice: Tendrías que poner también de tu imaginación, porque yo solo puedo contarte mi versión de los hechos, pero hay muchas partes que desconozco.

Aarónica dice: Eso ya me va gustando más...

La puerta de la calle se cerró a su espalda y la brisa acarició su cara. Aunque siguiese escondido tras el horizonte, al sol lo delataba su indiscreta claridad, que se filtraba entre los edificios. Antes de empezar a andar, miró a todas partes con detenimiento, como venía haciendo desde hacía casi dos años. Lo había incorporado a su vida, una rutina más, como ponerse primero el calcetín izquierdo o tomar el yogur en el sofá después de cenar. Era muy pronto y solo había dos personas en la calle: un hombre con chándal a un paso que no se sabía muy bien si andaba o corría, y una chica que volvía de fiesta, zigzagueando por la acera como si estuviese participando en un eslalon.

Caminó hasta el coche de su padre. Lo abrió y entró por la puerta de atrás. Cogió de la bandeja el plástico verde con la L (de *learner*, le habían dicho que venía, aunque algunos bromeaban con que era de *lerdo*) y lo pegó en la luna trasera. Ya en el asiento del conductor, guardó una bolsa en la guantera y arrancó. Esta vez no tuvo que dar varias vueltas por el barrio hasta asegurarse de que nadie lo seguía: el camión de la basura no suponía una amenaza. Cualquier precaución era poca si estaba en juego protegerlas. No quería bajar la guardia, aunque todo apuntase a que la organización, si es que seguía existiendo, se había olvidado de ellas.

Tomó la carretera de A Coruña y la abandonó cerca de la sierra de Guadarrama. Había ido ya varias veces y, salvo las dos primeras, no había vuelto a necesitar las indicaciones que ella le diera. Se había aprendido el camino como si no hubiese otro posible, como si no existiesen desviaciones y el trayecto uniese directamente su casa con aquel enorme chalé de la sierra. Destacaba sobre el resto de la urbanización no solo por estar en la zona más elevada, sino también porque la casa y la parcela circundante eran las más grandes. Pertenecía a un par de ancianos con tanto dinero que ni ellos mismos sabían lo que tenían (de eso se ocupaban sus descendientes). Aprovecharían no más del diez por ciento de la casa; en el resto, a excepción de dos habitaciones para el servicio doméstico, habitaba el aire. Trabajaban para ellos un chófer, dos jardineros y tres empleadas de hogar: una madre y dos hijas. Desde el coche, vio cómo salía la hija mayor a recibirlo y sonrió con emoción. Ya era toda una mujer. Cada vez que la volvía a tener enfrente, recordaba el año y medio que había estado sin poder verla, luchando contra la impaciencia, conformándose con las escasas llamadas y las bellísimas cartas que recibía, que casi se sabía de memoria. Había sido tanto tiempo que, cada vez que la iba a ver, tenía la impresión de que fuese la primera.

Se bajó del coche. El aire de la montaña le produjo un ligero escalofrío, que se convirtió casi en temblor cuando ella se colgó de su cuello y empezó a besarlo, con esos labios tan llenos de carne.

–Tengo una sorpresa para ti –dijo él mientras guiñaba un ojo, y regresó al coche.

Abrió la puerta del acompañante, sacó una bolsa de la guantera y se la ofreció a ella. Nada más sacar el libro de su interior, se le escapó un suspiro de sorpresa, impresión, admiración, gratitud... Un suspiro inabarcable.

–¡Ya lo publicaron!

Recorrió el título con la yema del dedo, lentamente, como si estuviese leyéndolo en braille: *Respirando cerca de mí.* Luego abrió la primera página y se encontró con dos dedicatorias, una impresa: *A todos los que se sienten desplazados: tanto en su propia casa o en su entorno, como en un país lejano*; y la otra, escrita de puño y letra por el escritor: *Para la chica que ha prestado su vida a Erika, con todo mi cariño, porque el hecho de que estés leyendo esta dedicatoria demuestra que la historia no ha terminado del todo mal*; y debajo, una extraña firma y la fecha, de hacía menos de una semana. Tuvo que apartar el libro para que una lágrima no emborronara la dedicatoria. Pasó algunas páginas y comenzó a leer. Al cabo de un rato, el chico, viendo que ella no separaba la vista del texto, reclamó su atención:

–Eh, que estoy aquí.

–Ay, perdona, es que son tantas las ganas que tengo de leerlo... Tú ya te lo leíste, ¿verdad?

–Sí.

–Podemos hacer una cosa, si no te importa volver a leerlo, claro –él negó con la cabeza de una forma vehemente–. Preparamos comida, nos vamos a pasar el día al monte y nos leemos el libro. Conozco sitios superchéveres por acá.

No hubo que decir más. Tardaron muy poco en preparar los bocadillos y salieron de la urbanización por la parte más alta.

–Para llegar al sitio más bonito de la zona se puede ir por dos caminos –le informó ella–: uno sencillo y directo, pero aburrido, y otro difícil, pero bello.

Recorrieron un sendero escarpado y retorcido entre pinos y rocas, cruzaron algún riachuelo, vieron un par de ardillas persiguiéndose de árbol en árbol y otras tantas águilas suspendidas allá en lo alto, formando parte del cielo, como las nubes. Después de casi una hora y media, llegaron a una llanura pequeña e idílica, de un verde intenso solo roto por un par de piedras grandes y un arroyo que producía un rumor relajante. Sobre las copas de los árboles, ladera abajo, se podía ver incluso la autovía por la que él había venido, y al fondo, Madrid, coronada con una boina de polución.

El resto del día lo pasaron leyendo el libro, el uno al otro, en voz alta. Después de algunos capítulos no les quedaba más remedio que besarse. Llegaron al punto y final y permanecieron un buen rato callados, inmóviles, con una extraña sensación de añoranza.

–Me ha encantado –dijo ella al fin.

–A mí también. Solo hay dos cosas que no me han convencido –apuntó él–. El nombre que me ha puesto, Alberto, me parece horroroso. Lo que pasa es que, según me dijo el escritor, tiene dos amigos que se llaman así y quería ponerlo.

–Pues a mí sí que me gusta el nombre de Alberto, aunque el tuyo es mucho más bonito. En cambio, Erika me gusta más que el mío.

–Y lo segundo que no me gusta es que Henry tenga tanto protagonismo: esta tenía que haber sido la historia de nosotros dos.

–La historia es básicamente la nuestra, pero no estamos solos en el universo, hay más gente, y además le dijiste que iba a tener que echarle imaginación. Y Henry, o como se llamara aquel chico que dejó escapar a mi mamá, fue decisivo, como para no darle protagonismo, no te olvides de eso. ¿Qué habría sido de lo nuestro sin él? ¿Qué habría sido de mí sin él?

Sintió una punzada de celos, la misma que había sentido en las dos ocasiones en que había leído el libro, pero no tardó nada en concederle la razón a ella y en otorgarle la importancia debida a aquel chaval que actuó impulsado por motivaciones que jamás sabrían.

De pronto se miraron y sintieron que las palabras perdían el significado. Mientras, los ojos, las lenguas, los dedos, la piel... tomaban la voz. El cielo ennegrecía sobre la montaña: ella se convenció de que sabrían volver a oscuras por el camino fácil; a él ni se le ocurrió pensar en eso.

Cuando por fin se incorporaron, la noche se había apoderado de todo. Aunque su intención era comenzar a andar, ambos se quedaron clavados en la hierba observando el mismo punto del horizonte, como si sus mentes lo hubiesen pactado en secreto. Las luces de Madrid, al fondo, parecían los signos de puntuación de una inmensa historia a la que de pronto se le hubiesen borrado las palabras.

Jorge Gómez Soto

Mi historia empieza en 1974.

El escenario principal es Madrid, aunque hay momentos en que la acción se traslada a áreas más rurales, a alguna playa o a algún país extranjero.

Los personajes principales en mis primeros años son, como en los de casi todo el mundo, mis padres. En un momento de la historia, descubro que mi padre, además de padre, es escritor.

En un inesperado giro de guion, a pesar de estudiar ciencias en el bachillerato y después Económicas, empecé a escribir y, años más tarde, a publicar. Desde entonces, compagino las cifras y las letras.

Se mantiene la tensión narrativa de mi historia literaria cuando me presento a un concurso y estoy a punto de ganarlo. Me ha ocurrido en cuatro ocasiones, y cada vez me recuerda más a esas tensiones sexuales no resueltas que mantienen con vida a algunas series durante temporadas.

Los últimos personajes en hacer acto de presencia son Marcos y Rubén, mis hijos. Han llegado con tanta fuerza que se han convertido en los protagonistas indiscutibles de mi historia.

SI LO QUE MÁS TE HA GUSTADO DE **RESPIRANDO CERCA DE MÍ** ES CÓMO RETRATA LA VIDA DE LOS INMIGRANTES, NO DEJES DE LEER **AUNQUE DIGA FRESAS**. Al incorporarse a sus nuevas clases, Ayelén Allende, una joven argentina, es testigo de cómo dos chicos de su clase, uno madrileño y otro de Colombia, han decidido intercambiar sus vidas. La apuesta, no tan inocente como pensaban, los llevará a una peligrosa aventura.

AUNQUE DIGA FRESAS

Andrea Ferrari
Los libros de Andrea, n.º 2

SI TE GUSTAN LAS HISTORIAS SOBRE MAFIAS Y CÓMO SUS REDES SON CAPACES DE HACER LA VIDA IMPOSIBLE A CUALQUIERA, NO PUEDES PERDERTE **LA ESTRATEGIA DEL PARÁSITO**. Se oculta, no puedes verlo, pero está ahí, observándote, vigilándote, espiando lo que haces y dices. No es un vampiro, pero se alimenta de ti, depende de ti... Por eso se esconde y te utiliza. Y, entre tanto, crece y crece sin parar.

LA ESTRATEGIA DEL PARÁSITO

César Mallorquí

SI LO TUYO SON LAS HISTORIAS DE AMOR COMO ESTA, DONDE LA REALIDAD SE INTERPONE A LOS DESEOS, **POMELO Y LIMÓN** es tu libro. Jorge y María salen con sus amigos, se comunican con ellos en las redes sociales, se enamoran... Todo esto sería normal si las madres de María y Jorge no fueran famosas. Los chicos se ven envueltos en una espiral de rumores, de la que solo salen recordando que las palabras que elegimos para contar nuestra historia son las que dan forma a nuestro mundo.

POMELO Y LIMÓN

Begoña Oro

Premio Gran Angular 2011

Y SI QUIERES SABER MÁS SOBRE LO QUE OCURRE EN EL MUNDO, **COMPRENDER LA REALIDAD** te resultará muy útil. La justicia social, la cooperación, la ecología, las relaciones internacionales, los avances científicos y tecnológicos... Todo se entrecruza en este libro para una mejor comprensión de la cambiante realidad del mundo contemporáneo.

COMPRENDER LA REALIDAD

Odile Gandon